目次

眠れる美女

1

——茨に包まれた城。

宮殿のなかは物音ひとつせず、静謐（せいひつ）な雰囲気に包まれている。それもそのはず、王も王妃も従者たちも、みな百年の眠りについているからだ。

ベッドに横たわっているのはオーロラ姫。その目は閉じられているが、まさに極光（オーロラ）のように輝くばかりの美しさである。

そこに高貴な青年が、妖精に導かれてやってきた。妖精によってオーロラ姫のまぼろしを見せられ続けてきた青年は、姫のことをすでに愛している。

おお、姫よ。やっと逢（あ）えましたね——

薔薇（ばら）のような唇に青年がそっとくちづけると、オーロラ姫はゆっくりと目を開けた——

「ああ、やっぱりこのシーン、何百回観（み）てもいいわよね」

八十インチのプロジェクタースクリーンの前で、バレエ・ダンサーの如月花音（きさらぎかのん）はため息をついた。

「バレエの演目にはそれぞれ見せ場があるけど、『眠れる森の美女』のこのシーンは最高にロマンチックだよな」

太刀掛蘭丸(たちかけらんまる)も頷(うなず)く。少し長めの黒髪、端整で涼し気な顔立ち、そして強靭(きょうじん)かつしなやかな筋肉のついた体。耽美(たんび)な名前が違和感なく似合う、完璧なルックスの男性ダンサーだ。彼がいるだけで、その場が華やぐ。今も彼の周りだけが、きらきらと輝いているかのようだ。

スクリーンの中は、王子様のくちづけによって目を覚ましたオーロラ姫がベッドから降り、二人で踊るパ・ド・ドゥに移っている。

ここはこの春に新設されたばかりの東京スペリオール・バレエ団のスタジオだ。前身である東京グランド・バレエ団から生まれ変わるにあたり、施設の一部を改装した。特に十五年使用していたスタジオはそれなりに経年劣化していたので、床を補修したり、バースタンドを増やしたりと手を入れた。自慢は、レッスン中でも参考になりそうな映像をすぐに見ることができるように、鏡張りの壁の前にスクリーンを下ろせるようにしたことである。

今日はこれから、初めての全体ミーティングが行われ、新たな門出を祝う旗揚げ公演の演目を決定することになっていた。

ミーティング開始まで時間はまだまだあるというのに、すでに全団員二十六名が集まっている。それぞれが旗揚げ公演にふさわしいと思う演目のDVDを持ち寄り、ハイライトシーンをこの新しいスクリーンに流して吟味している。映像に合わせて踊ったり跳ねたりと、明らかにみんなはしゃいでいた。

トーナメント方式の多数決で選んでいき、今残っているのが「白鳥の湖」「ロミオとジュリエット」そして「眠れる森の美女」である。ここから一作に絞り込む過程で議論は白熱し、スタジオは熱気に満ちていた。

「『眠れる森の美女』がいいのは認める。でも、ロミジュリも捨てがたいぜ。泣ける」

自信たっぷりに言うのは石森達弘(いしもりたつひろ)。花音と蘭丸の先輩で、いつも明るく楽しいムードメーカー。バレエのテクニックは確かではあるものの、少々厳(いか)つい風貌のせいで蘭丸のようなダンスール・ノーブルでなく、ダンスール・キャラクテール――つまり性格俳優的な役をよく割り当てられている。

しかし達弘本人はそういう役柄をかなり「美味(おい)しい」と思っているらしく、「王子役より、役の解釈の自由度が高い気がするんだよね。遊べる余白が多いっていうか、個性を出しやすいっていうか。だから王子役を喰(く)ってしまうくらいの気持ちで踊ってる。お客様が王子より俺に注目してくれることも多いんだぜ」と胸を張る。

「でも、今回の公演はキッズ・ファーストなんですよね？　悲恋ものは、ちょっとどうかと」

横田梨乃が首を傾げた。日本人形のような和風テイストの美少女。このバレエ団では最年少の十七歳だが、実家がバレエ教室を経営しているので三歳の頃から踊っており、実力は申し分ない。幼馴染の達弘が妹のように扱うので、団員からも妹のように可愛がられている。世界中から一流の講師が集まり、バレエ文化が非常に活発な北京へバレエ留学して帰ってきたばかりだった。

今回の公演は、全面的に「キッズ・ファースト」を打ち出し、小さな子供にも楽しめるバレエを目指すことになっていた。

理由は二つだ。一つ目は、小さな子供がいるので劇場でのバレエ鑑賞をあきらめている人にも足を運んでもらいたいから。そして二つ目は、幼少期にこそ素晴らしいバレエに触れてもらいたいからである。

日本にはバレエ教室がたくさんあり、バレエ人口は多い。世界と比較してもハイレベルのバレエ団が揃い、国内のみならず世界中のバレエ団の公演を鑑賞できる環境が整っている。

それにもかかわらず、まだまだ「バレエは特別なもの」と思われがちだ。きっかけがなければ、一生観ないまま終わる人もいるだろう。つまり、バレエに興味がある人は何度でも公演に足を運ぶが、そうでない人は一度も運ばないという二極化した状態だといえる。

映画館に足を運ぶように、もっと気軽に考えてもらえないものか。バレエに日常的に親しんでもらえないか——

そう考えた時、やはり幼少の時にこそ本物のバレエに触れてもらうのが良いのではないか、という結論に達した。幼い頃に興味を持ってもらう。学校に行けばアイドルの話をするように、普通にバレエのことが話題にのぼる。バレエを観に行くことが、当たり前の家族のレジャーになる——それが理想だ。

それに、そうなればバレエ・ダンサーを目指す女子も男子も、今よりもっと増えるに違いない。裾野が広がれば、それだけ世界的ダンサーが生まれる可能性が広がる。幼少時からバレエに親しんでもらうことはつまり、将来のバレエ業界の活性化にもつながるということだ。

「確かにそうね」

「ちょっと大人っぽいかも。それに、妖精もプリンセスも出てこないわ」

同意したのは藤原美咲と井上雅代。二人ともグランド・バレエ団時代からの団員で在籍期間は長く、美貌も実力もあり、現在はプリンシパル——主役を張れるダンサーだ。二十代後半でありながら、このバレエ団では最年長である。身体能力的にも技術的にもバレリーナとして最も旬といえる時期だ。

名は体を表す、というのはまさしくこの二人のことだと花音はいつも思っている。

美咲はまさに大輪の花が咲き誇るような華やかさを、そして雅代はみやびやかで気品のある美しさを持つ。

しかし二人とも、その美しさの裏ではバレエに対する激しい情熱を燃やしている。決して手を抜かず、努力を惜しまず、互いに切磋琢磨して成長し続けてきた。バレエに対して少しの妥協も許さないのは自分たちにだけでなく、他の団員にも同じで、それゆえ時に非常に手厳しい。しかしその厳しさと強さが新しいバレエ団を律し、牽引してくれるはずだと、これから理事の一人として運営にもかかわっていく花音は期待している。

「じゃあ『白鳥の湖』と『眠れる森の美女』のどちらかってことですね」

花音がホワイトボードに書かれた三タイトルのうち、「ロミオとジュリエット」に斜線を引く。

「『白鳥の湖』がいいな。わたしと雅代で白鳥と黒鳥を踊りたいわ」

美咲が言うと、雅代が「ずっと夢だったものね」と微笑んだ。

「わあ、お二人のオデットとオディールなら見たいです」

「絶対に素敵」

「楽しみ」

あちこちから歓声があがる。主役はこの二人になるのが当然だろう。花音にも、もちろん異論はなかった。

「『白鳥の湖』はバレエの代名詞のような作品だし、いいかもしれませんね。それでは決定ということで――」

まとめようとした花音を、申し訳なさそうに蘭丸が手を挙げて遮った。

「俺も美咲さんと雅代さんの『白鳥』はものすごく見たいですけど……バレエ・ブランは避けた方がいいんじゃないかな」

その言葉に、みんなドキッとする。

バレエ・ブランとは白いバレエを意味する。古典バレエにおける、白いコスチュームを着て踊る作品という意味で、「白鳥の湖」「ラ・シルフィード」、そして「ジゼル」が三大バレエ・ブランとされている。

そう、「ジゼル」――前身の東京グランド・バレエ団で、事件の発端となった演目である。そして「ジゼル」に関わる事件は、色々な者の人生を激変させた。あれからもう一年が経つ。

「確かにそうだわ。あのイメージを払拭するために新しいバレエ団を立ち上げたんだものね」

「確かに同じような作品は避ける方が賢明かも」

美咲と雅代も納得したように頷いた。

「ということは『眠れる森の美女』に決定ですね。みなさんよろしいでしょうか？」

花音がタイトルに花丸をつけると、賛成の拍手が湧いた。

「オーロラ姫はわたしと雅代のダブルキャストで、二回公演にできればいいね」

美咲が嬉しそうに言った。

「デジレ王子は、我らがダンスール・ノーブル、蘭丸くんに決定よね」

雅代がウィンクすると、蘭丸が「ご指名ありがとうございます」とおどけた。

「俺は何の役をつけてもらえるかなー。楽しみ」

「達弘さんなら、『赤ずきんと狼の踊り』の狼役しかないでしょ」

「やっぱそれしかない！　かぶりものなしで素顔でオッケー……って、おーい！」

大げさに蘭丸をはたく達弘のノリツッコミに、全員が大爆笑した。こういうお茶目で明るいところが、達弘がみんなに好かれる理由だ。

「東京グランド・バレエ団時代の公演では、カラボスを演らせてもらったんだよ。懐かしいなぁ」

当時の喜びを思い出すように、達弘が遠くを見た。カラボスとはオーロラ姫に呪いをかける悪の精で、重要な役どころだ。

「デジレ王子が蝶野監督、オーロラ姫が嶺衣奈さん。豪華な舞台だったよなあ」

おそらく全員が口に出すのを避けていたであろう蝶野の名前が出た時、微妙な空気が漂った。

蝶野幹也――舞踏家のみならず、演出家、振付師、芸術監督としてもトップであった世界的なカリスマ・ダンサー。バレエに魅入られ、バレエの悪魔に全てを――良心さえも――捧げた稀代の天才。

が、達弘は平気で続ける。

「第三幕のグラン・パ・ド・ドゥ、覚えてる？　拍手が鳴りやまなくて、蝶野監督も嶺衣奈さんも、何度もレヴェランスに出ることになってさ。でもあれは無理もないよ。二人とも神々しいくらいだったもん。今風に言うと、〝神回〟っていうの？」

「……すごかったよね」

美咲が、思い切ったように話題に乗ってきた。

「嶺衣奈さんのフィッシュダイブと、それを受け止めた蝶野監督」

フィッシュダイブとはまさに魚が海に飛び込むごとく、バレリーナが男性パートナーの腕に飛び込むというスタイルのリフトだ。バレリーナが着地した状態から持ち上げるのでなく、宙に浮いた瞬間に、それこそ魚を素手で捕まえるかのように、胴体を持たなければならない。タイミングが合わずバレリーナが落ちてしまったり、何とか持ちこたえてもバランスを崩してぐらつくなど、ベテランでも難易度の高い大技である。

「眠れる森の美女」におけるグラン・パ・ド・ドゥのフィッシュダイブは見せ場の一つなので、観客は楽しみにしている。しかもこの大技が、三回もあるのだ。期待のハードルが高い分、成功した時の盛り上がり方は尋常ではない。

「フィッシュダイブは、いってみればフィギュアスケートでの四回転ジャンプみたいなものだもんね。観客一同が息をつめて見守って、決まった時にはうわっと歓声が上がる。蝶野監督の成功率って、百パーセントだった。これってすごいことよね」

美咲に続いて、雅代も蝶野について語り出す。

「そうそう。特にあの公演の時は三回とも蝶野監督のキャッチがきれいだったから、お客様の興奮はすごかったんだよね」

「あの蝶野監督、本当にかっこよかったー」

「わたし、何度もDVD観ちゃってる」

みんな口々に、蝶野の話をし始めた。その表情は生き生きとしている。

「――よかった。みんな今でも蝶野監督のこと尊敬しているんですね」

花音は嬉しかった。蝶野が最高のダンサーであり、演出家であり、恩人だったことには変わりない。

「もちろんよ。蝶野監督が日本のバレエ界を退いたのは、最大の損失だと思ってる。今は海外にいらっしゃるという噂だけど、すぐに戻って来てほしいくらいよ」

美咲が言った。

「それに事件のことだって、今のスペリオール・バレエ団につながってるんだものね。歴史の一部よ。長くやっていれば山もあるし谷もある。どんなバレエ団だって、黒歴史のひとつやふたつは当たり前。今でも師だと思ってるし、蝶野ファミリーの一員だったことを誇りに思ってるわ」

「蝶野監督は永遠のカリスマだしな。ぶっちゃけ、俺には共感できることの方が多い。バレエの悪魔に一世一代のチャンスを差し出されたら、俺だって迷わず魂を売っちゃうだろうからね」

達弘の言葉に、雅代も大きく頷いた。

「わたしも売る！　誘惑にかられないダンサーなんていないわよ。むしろ、それくらいの覚悟がないとステージになんて立ち続けられない――あ、でも梨乃ちゃんは違うかな。良い意味でゆるキャラっぽいし、ダンサーのギラギラした欲望から遠いところにいる感じ」

急に話を振られて驚いたのか、梨乃は「え、わたしですか」と背筋をきゅっと伸ばした。その小動物のような可愛らしい動作は、確かにゆるキャラ風かもしれない。

「そんなことないですよ、良い役をいただきたいっていつも思ってます。わたしにだってギラギラした欲望はあります！」

あどけない顔から「欲望」だなんて言葉が飛び出したので、みんなが吹き出す。

「もう、なんで笑うんですか」

大笑いしているとドアが開き、このバレエ団を率いる渡辺貞子総裁が入ってきた。

「あ、ナベさん！」「ナベさん、久しぶり」「会いたかった」

あちこちから声が飛ぶ。渡辺はこのバレエ団の長ではあるが、前総裁であった紅林ひさしが死去するまでは事務局長であった。優しく、時に厳しく団員に接し続けてきた人なので、みんなから母親のように慕われている。

しかし、そんな家族会議のようなにぎやかさは、渡辺の背後に立つ人物を見たとき、静まった。

見知らぬ男性。大柄な渡辺よりも、ずっと背が高い。スタイルも良くて顔も小さく、背広姿でなければ新しいダンサーでも連れてきたのかと思うほどだ。

二人の間には親しみなどなく、なんだか張り詰めたものが感じられる。

「みんな、早くから来てくれてたのね。ありがとう」

渡辺はぎこちなく挨拶すると、ホワイトボードの脇に立った。

「野崎と申します。よろしくお願いいたします」

男性が全員に名刺を配り始める。

大信（だいしん）銀行　東京本店　融資第一課
課長　野崎明人（あきと）

「え、銀行の人？」

花音と蘭丸は顔を見合わせる。当然他の団員たちも戸惑っていた。

「それでは説明するわね」

彼が名刺を配り終えて隣に立つと、渡辺が口を開いた。

「実は大信銀行とは紅林総裁の頃からのお付き合いなのだけど、前任者の方が異動になって、こちらの野崎さんを新しい担当者だと紹介されたばかりなの。今回の公演のために追加の融資をしてくださることになったんだけど――」

渡辺の表情と口調から、決して良い話ではないことが感じられる。

「そしたら、その……」

口ごもった渡辺のあとを、野崎が引き取った。

「融資分をきちんと回収できるよう、徹底指導させていただくべく、こちらに出向することになりました」

花音は目を見開いた。みんなもざわついている。

「指導というのは……？」

「すべてを予算内で収めるように目を光らせ、かつ収益を出すということです。前任者は、こちらのバレエ団のファンだったようですね。かなりの額を融資しているようです。まあ確かに、前総裁や紅林嶺衣奈さん、蝶野幹也さんというスターがいらっしゃったとのことなので、見合った出資と言えたでしょう。しかし代替わりした今、スターは誰一人いらっしゃらないようですね」

スター不在——痛いところをつかれた。団員は全てとても優秀なダンサーである。けれども嶺衣奈や蝶野幹也のようなカリスマ性を持ったスター・ダンサーはいない。

「このご時世、何でもかんでも融資をしていては、銀行も持ちません。より厳しく精査していくべきだと考えています。今回の公演には融資させていただくことになりましたが、出向という形で運営に関わらせていただき、必ず収益を出すとともに、今後のお付き合いを見極めさせていただく所存です」

感情のこもらない声が響いた。冷たい、乾いた声。感情豊かなバレエ・ダンサーとばかり接している花音には、とても異質で機械的に感じる。

「見極めるっていうのは、どういう意味なんですか？」

蘭丸はいらだちを隠さない。

「今後も利益を出せる見込みがあるか、融資を継続するかどうかを判断するということです」

「じゃあもし、見込みがないと判断された場合は――」

達弘の問いに、当然だという表情で、野崎が告げる。

「取引はもちろんストップ。これまでの融資も引き上げさせていただきます」

「そしたら、どうなるの?」

美咲が悲鳴に近い声を上げる。

「他行をあたるか――まあ難しいと思いますが――自力で存続されるかでしょうね。それができなければ、解散ということになるんじゃないでしょうか」

「解散だなんて……!」

紅林ひさし前総裁も、ビジネスに対しては非常に冷徹だった。けれどもバレエ芸術を愛し、理解し、高め、極めた人だ。むしろそのために徹底したビジネスライクを貫いたと言える。

しかし野崎はまるで紅林総裁から芸術への愛をばっさり切り取り、冷たいビジネス面だけで作られた人間のようだ。

「そんなの……横暴です。バレエの公演は、助成金をいただいてもほとんど赤字なんです」

花音は立ち上がった。ダンサーとして、そして理事の一人として黙っていられない。

「一般企業では、そんなの通用しませんよ。芸術は金を回収できなくて当然なのですか？　おかしいでしょう。それは芸術を前面に出した、甘えではありませんか？」

甘え——

花音は言い返せなかった。

確かに、赤字でも仕方がないとあきらめている節はあった。これまでは経済的なことを心配せず、ただ踊ることに集中していればよかったのだ。いかに紅林総裁や蝶野、嶺衣奈に守られていたかということを痛感する。

しかし、これからはそうはいかない。花音には理事としての責任がある。バレエ団を、団員を守らなくてはならないのだ。

「とにかく、そうならないように僕が出向してきたわけですから。みなさんには、僕の指示に従っていただきます」

野崎の宣言が響き渡った。その隣で、渡辺は沈んだ表情をしている。渡辺にとっても不本意なことなのだろう。

「さて演目を今日決定すると伺ってますが——ああ、これになったんですね」

野崎がホワイトボードのマーカートレイに置かれた『眠れる森の美女』のDVDを手に取る。

「良いチョイスではないでしょうか。これなら小さな子供でも知っています。僕のようにバレエはおろか、小説は読まないし映画も観ない人間でも知ってるくらいですから。ははは」

　野崎が笑ったが、団員は誰ひとり笑っていない。運営の実質的なトップが芸術の一切を理解しない人間だということが露呈したのだ。

「さて、肝心の演出家とキャスティングですが、渡辺総裁からバレエ業界やこのバレエ団の現状を伺いつつ、僕の方でも事前調査をしてきました。結論として演出家は、外部の方に委託すべきだと思います」

　それについて、誰も異論はなかった。

「男性の主役については、太刀掛蘭丸さんという方が人気だと聞きました。お願いできますか？」

　突然自分の名前が挙がり、蘭丸は驚いて立ち上がる。

「は、はい。喜んで」

「では決定で」

　配役発表という、公演の最初のハイライトのはずなのに、極めて事務的に進んでいく。しかし次に「そして女性の主役ですが――」と言ったときは、さすがに女性陣は色めき立ち、緊張が走った。女性陣が一斉に固唾を呑んで、耳を傾ける。花音も祈るように、両手をぎゅっと組んだ。

「外部の方にお願いすることになるでしょう。こちらも決定次第、追ってお知らせします」

場がざわついた。花音も戸惑い、蘭丸と顔を見合わせる。

「ちょ、ちょっと待ってください！」

美咲が手を挙げ、立ち上がった。

「外部の人にお願いするって、どういう意味ですか？」

「あなた方の中にはオーロラ姫を踊れるようなバレリーナがいない、という意味ですよ」

場がしんと静まり返る。

「ちょっと、野崎さん」

渡辺が野崎の袖を引っ張った。

「何が悪いんですか？　だって本当のことでしょう」

「もう少し言い方っていうものが……」

「回りくどいのは時間がもったいないですので」

そんなやり取りを遮るように、美咲が声を張りあげた。

「わたし、踊れます！　オーロラ姫」

美咲の発言に触発されたように、雅代も立ち上がる。

「わたしも踊れます。花音ちゃんも踊れるよね？」

「あ、はい」

花音も立ち上がった。

「他にも踊れる子、たくさんいるでしょ？」

雅代のかけ声に、ほとんどの女性ダンサーが立ち上がる。雅代は誇らしげに彼女たちを見回すと、野崎に言った。

「これだけの数のダンサーが、オーロラ姫の振り付けを覚えています。この中に踊れるバレリーナがいないとは言わせません」

「ああ、失礼しました。僕の言い方が悪かったですね。あなたたちの誰かがオーロラ姫を踊ったところで、お客様を呼ぶことはできない、と言いたかったんです」

場が凍りついた。

「野崎さん……！」

渡辺が慌てて止めに入る。しかし構わず、野崎は続けた。

「ではお聞きします。自分の名前を出せば座席が埋まると思う人のみ、そのまま立っていてください。そうでない方は、お座りください」

次々と女性陣が座っていく。花音も座った。自分の知名度がどの程度かは自覚している。悔しそうに唇を噛（か）みしめながら、美咲も雅代も座った。ついに、立っている者はひとりもいなくなった。

「まあ、つまり、そういうことです」

野崎が淡々と言う。

「この場に紅林嶺衣奈さんがいらっしゃれば、話は全く別でしたけどね。彼女の名前はバレエ業界だけにとどまらず、一般人にも浸透していましたから。僕みたいなバレエ音痴でも、存じ上げていたくらいです。あなた方は、彼女に遠く及びません」

誰も、何も言い返さない。言い返せない。

「ということで、外部からスター・ダンサーを呼ばざるを得ない――そういうことです」

「だけど……子供相手の公演なんでしょう？」誰かが呟いた。

「だからこそです！」

野崎の声に、一段と力が籠もる。

「バレエ・ヴァージンがつまらないバレエを観たら、二度と足を運んでもらえませんよ。最初だからこそ、最高レベルのものを見せるべきです。この中で、自分なら一生心に残る踊りを見せられると自信のある方はいらっしゃいますか？　どうぞ手を挙げてください」

誰も手を挙げない――花音も含めて。でしゃばることを恥ずかしがっているのではない。誰かの心に――特に初めて観る子供たちの心に残り続けるバレエを踊れるかと問われ、胸を張って「はい」と答えることができない。自分はそのレベルに達していないと、あらためて思い知らされたのだ。

「だけど……それでも、東京スペリオール・バレエ団の公演である限りは、団員の中からオーロラ姫を選ぶべきです」

雅代が再び立ち上がり、食い下がる。

「わたしたち、グランド・バレエ団時代から色々な苦難を分かち合ってきました。そして『ジゼル』公演の騒動を共に乗り切ることで、絆も深まったんです。こうして新しいバレエ団に生まれ変わった今、最高の作品を作っていこうと、これまでにないくらい心が一つになっています。わたしがオーロラ姫を踊りたくて騒いでるんじゃないんです。どうかこの中から選んでください。お願いします！」

雅代が頭を下げ、美咲も続いた。花音も倣おうか——と立ち上がりかけた時、野崎が口を開いた。

「バレエ団は……仲良しクラブじゃありませんよ」

雅代が、ハッと顔をあげる。

「あなたたちの誰かにオーロラ姫の役をあげた結果、客席はガラガラで、旗揚げ公演は失敗して、このバレエ団は消滅する。あなたたちは、それでいいんですか？　だとしたら、バレエをなめているのはあなたたちの方だ」

厳しい野崎の言葉に、誰もが黙ってうつむいていた。

「さてと」野崎は腕時計を見た。「これ以上は時間の無駄なので、僕はこれで失礼します。いろんな企業さまを回って、金を集めてこなくてはなりませんから。では」

野崎が出て行くと、渡辺が頭を下げた。

「みんな、ごめんなさい。こうなってしまったのは、全てわたしの力不足よ」

「いやいや、ナベさんのせいじゃないですよ」

達弘が顔の前で手を振った。

「それに悔しいけど、あの人の言ってることは間違ってないのよね」

梨乃がため息をつく。

「耳が痛かったけど、確かにこのままじゃ公演を成功させられないわ」

「だけど、あんな門外漢にバレエ団の指図をされるなんて許せない」

美咲は悔しげに認めたが、雅代はまだ怒りが収まらないようだ。

花音の気持ちも複雑だった。大切に思ってきたバレエ団を踏みにじられたような気持ちはぬぐえない。しかし確かに納得できる部分もあった。ただ、やはりバレエを一切知らない銀行マンに運営を指導されるというのは大きな不安だった。

希望に満ち溢(あふ)れるはずだった旗揚げ公演の初回ミーティングは、波乱万丈の幕開けとなってしまった。

みんなが帰った後、花音はひとりスタジオに佇み、スマートフォンで『決定！　眠れる森の美女！』と書かれたホワイトボードを写真に収める。

『はじめまして。東京スペリオール・バレエ団です。

つい先ほど、旗揚げ公演の演目が決まりました。

「眠れる森の美女」です。

演出家・キャストはまだ決まっていません。外部からお呼びすることになると思いますが、世界でもトップレベルの方と作品を作り上げたいです』

そこまで打ち込んで、ふと手を止める。

まだ何の当てもないのに、大ぶろしきを広げすぎだろうか？　いや、書こうが書くまいが、トップレベルの人を連れてこなければならないのだ。それならば、ここで宣言してしまってもいいだろう。

『これからブログで情報を発信していきます。

楽しみにしていてくださいね』

打ち終えると、団員のグループ写真も添付する。

東京グランド・バレエ団時代にもウェブサイトはあったが、公演のお知らせ以外、特に更新などはしていなかった。

「これからは積極的に、日常的に、情報を発信したいの。バレエ団のこと、そしてダンサーの素顔を知って、身近に感じてほしいわ」

渡辺総裁は張り切っており、管理は理事でありダンサーでもある花音が任されることになった。

何度も読み返し、どきどきしながら投稿ボタンを押す。画面が更新され、ブログのページに花音の文章が現れた。

産声だ。

たった今、このバレエ団は世界に向かって産声をあげたんだ――

不穏な初日ではあったが、乗り越えてきっと公演を成功させる。

花音は心に誓った。

2

「おはよう、花音ちゃん！」

まだ肌寒い空気の中、バレエ団の門の前で、奈央がミニバンから衣装ケースを下ろしていた。奈央は、バレエ団専属のシームストレス（お針子）である。

「奈央さん、久しぶり！」

奈央の仕事場である衣装部屋は拡張工事中で、衣装は全てレンタル倉庫に移してある。これほどの長期間、公演がないことはめったにないので、せっかくの機会だからと衣装の繕いや補強を徹底的にすべく、奈央はずっと倉庫へと通いつめていた。

「今日はどうしたんですか？　まだ工事は終わってないのに」

「衣装を持ってくるように言われたのよ。あ、蘭丸くんだわ」

こちらに手を振りながら、蘭丸が走ってきた。

「二人とも、おはよう。あー、なんか久しぶりに奈央さんの顔見たらホッとする」

仲間であると同時にライバルとなってしまうのは、ダンサーの宿命だ。だからこそダンサーではない奈央は、団員たちにとってバレエ団で唯一心を許せる存在である。悩みを持つ団員は衣装部屋を訪れ、裁縫をする奈央に愚痴を聞いてもらう。するとすっきりし、また頑張ろうと思える。

誰の味方もしないかわりに、誰のことも悪く言わない——あくまでもフェアで中立な立場を貫く奈央は、団員たちにとって貴重な癒しだった。

「衣装ですか？　手伝いますよ」

蘭丸がミニバンから衣装ケースを取り出し、台車の上に積み上げていく。

「あー助かったわ。ありがとう」

奈央はミニバンのドアを閉め、鍵をかける。台車を押す蘭丸に続いて、花音と奈央も門から入った。

「すごい量の衣装ですね。これってもしかして――」

「そう。『眠れる森の美女』のよ。配役が決定したら、すぐに衣装合わせを始められるようにって。だけど、オーロラ姫だけはまだ必要ないって言われたわ」

「そうなんです、オーロラ姫のキャストはまだまだ決定しそうになくて」

「うん、そうらしいね。色々と聞いた」

「あら、もう奈央さんの耳に入ったの？」

「昨日の夜、美咲と雅代が倉庫まで来て、さんざん愚痴ってってたわよ」

奈央が笑った。

「新しい理事の人――野崎さんだっけ？　評判よくないみたいね」

「まあ、かなり辛口っすね」蘭丸が苦笑いする。正面玄関を入ると、ラウンジに大勢の団員が集まっていた。美咲や雅代、達弘、梨乃の姿も見える。

「あ、奈央さんだ」

「やだ嬉しい」

みんな口々に言いながら、あっという間に奈央を取り囲んだ。

「奈央さん、昨日はありがとう」

「色々とぶちまけちゃって、すみません」

美咲と雅代がしおらしく言う。

「どういたしまして。この旗揚げ公演を成功させようっていう気持ちの根っこは同じなんだからさ。みんなそれぞれ、できることを頑張っていこうよ」

「はい」

二人が素直に頷いた。

「とはいえ、トップレベルの演出家とプリマが決まらないことには始まらないよね。人気のある人は引っ張りだこだし、特にうちみたいな実績ゼロのバレエ団からオファーしたって受けてもらえないだろうし」

奈央が腕組みをした時、事務室のドアが開き、渡辺がふらふらと出てきた。

「ナベさん⁉　どうしたの」

奈央が慌てて駆け寄る。

「ちょ……ちょっと座らせて」

みんなが見守る中、奈央が渡辺に肩を貸し、ラウンジのソファに座らせた。腰を下ろした渡辺は、ただ茫然（ぼうぜん）と宙に視線を泳がせている。

また野崎と揉（も）めたのだろうか、と花音が不安に思い始めた時、渡辺がやっと口を開いた。

「決まったの……」

奈央が聞き直す。

「え？」

「決まったのよ、演出家。ああ、体の震えが止まらない」

渡辺が両手を持ち上げる。翡翠(ひすい)の指輪がはめられた指が、細かく震えていた。

「よかったじゃないっすか」達弘が言う。「なのに、どうしてもっと喜ばないんですか？」

「だって……」

渡辺は声まで震えている。

「喜ぶとか、そういう次元を超えてるんだもの。畏れ多いっていうか。ありえないっていうか。――そう、奇蹟(きせき)よ」

「奇蹟だなんて。いったい、どなたなんですか？」

しびれを切らして、美咲が聞いた。

「あんたたち、今そうやって普通にしてるけどね」

渡辺が、みんなの顔を見回す。やっと少しだけ、いつもの調子が戻ってきたようだ。

「この名前を聞いたら、今のわたしみたいになるわよ。腰を抜かすんだから」

「だから誰なのよ、ナベさん」

奈央が急(せ)かす。

「シルヴィアよ。シルヴィア・ミハイロワ」

一瞬の沈黙の後、「ええー‼」と全員が絶叫した。

シルヴィア・ミハイロワ――ロシア出身の世界的バレリーナで、バレエ界の至宝と呼ばれていた。五十歳になるのを機に引退し、蝶野監督と新しいバレエ団を設立する準備をしていたが、蝶野がバレエ界を去ったことで白紙になり、現在は鳴りをひそめている。世界中のバレエ団が今のチャンスを逃すまいと、あの手この手でシルヴィアを獲得しようと動いているという噂だ。しかしシルヴィアは頑なに沈黙を守り、誰にも居場所を明かさず、コンタクト不可能な状態が続いていた。

シルヴィアを制する者が、これからのバレエ界を制す――

そのように囁かれている。

そのシルヴィアが、このバレエ団の旗揚げ公演の演出を……？

「やばい、俺も震えてきた」

誰かが言い、「わたしも」「僕も」と声が上がる。花音にしても嬉しいという気持ちを通り越して、ただただ信じられず、そしてそれが震えという形で体に表れた。

「ねえナベさん、水を差すようで悪いんだけど」

奈央が言う。

「それ、新手の詐欺じゃないでしょうね。誰が仲介してるの？　紹介料を先払いしろとか言われてない？　ナベさんってお人よしで純粋だし、ころっと騙されてる可能性あるわ。シルヴィア・ミハイロワが演出してくれるなんて、できすぎよ。そりゃあグランド・バレエ団時代には客演してくれたこともあったけど、ミハイロワが初演出するとなると注目度が違う。うちの窮状を知った悪い奴が、弱みに付け込もうとしてるんじゃないの」

「騙されてない、絶対に騙されてない」

　渡辺が首を振った。

「本当？　彼女が雲隠れしてるのをいいことに、勝手に仲介者を名乗ってる可能性はない？」

　奈央は疑わしげに渡辺を見つめる。

「だって、だって、仲介者なんていないもの」

「え？　だったら一体、誰が持ってきた話なの？」

「それが……シルヴィア本人なのよ」

「まさか！」

　全員が驚く。

「本当なのよ。ＰＣで仕事してたら、オンライン通話の着信があったの。これまで紅林総裁経由で連絡を取り合ったことはあったけど、直接だもん、倒れるほど緊張したわ。画面で顔を見たから、本人に間違いない」

「そうだったのね。だったらすごいことだわ！」

　今や奈央も手放しで喜んでいる。

「そうでしょう？　それで、ちゃんと会って、詳細を話し合いたいって言ってくれてるのよ」

「いつ来日できるんですか？」

　興奮を抑えきれず、花音は聞いた。

「それがね……」

　その時——

　正面玄関のドアが開き——光が入ってきた。

　いや、光だと思ったものは、女性だった。まばゆいばかりの金髪の美しい女性。しかも二人。

　一人はシルヴィアだった。引退後はシニヨンを結う必要がないからか、長かった髪を顎のあたりで切った潔いボブになっている。五十歳になったとは思えないほどの若々しさで、ステージをおりた今でもオーラは健在だ。

　もう一人は大きなサングラスをかけており、誰だかわからない。が、かなり若い女性のようだ。目元が覆われていてもその小さな顔や、整った鼻梁（びりょう）と艶めいた唇で、美少女だということがわかる。

「わあ、本物のシルヴィアだ」

「嘘、どうしてもうここに？」

「ねえ、隣の人は誰なの？」

団員たちが大騒ぎする中、サングラスの美少女はシルヴィアに「スタジオを見てくる」と英語で言い、さっさと階段をのぼって行った。シルヴィアは渡辺に歩み寄り、ハグをする。

「サダコ、久しぶりね」

二人が英語で挨拶を交わすのを、団員たちは茫然と見ている。一通りのやり取りが済んだ後、渡辺がみんなに向き直った。

「実はね、シルヴィアはここ一か月、誰にも内緒で日本に、しかも都内にいたらしいの。お寺で座禅を組んだり、陶芸や書道をやってたんですって」

みんなで顔を見合わせる。天才のやることはユニークなものだ。

「で、オンライン通話のあと、すぐこちらに向かってくれたのよ」

シルヴィアが、あっけに取られている団員たちに「ハーイ」と微笑みかける。

「それからさっき言いそびれたけど、もうひとつ素晴らしいお知らせがあるのよ。シルヴィア・ミハイロワが演出をしてくれることだけでもすごいのに、最高レベルのプリマまで連れてきてくれたの」

「さっきの女の子ですね。誰なんですか？」

花音は三階を見上げながら聞いた。AからCまであるスタジオを見回っているのか、せわしない足音やドアを開閉する音が聞こえる。

「きっとみんなびっくりすると思うわ。実はあの子、ユリカ・アサヒナなのよ」

みんなは目を見開いた。

ユリカ・アサヒナは「第二のミハイロワ」と呼ばれる、日本生まれのアメリカ人バレリーナだ。その美貌とテクニックで「アメリカの宝石」と称えられ、アメリカのトップレベルのバレエ団、ロスアンゼルス・バレエ・カンパニーのプリマである。世界中から客演のオファーが絶えず、彼女が踊れば必ずチケットは完売する。シルヴィアが引退した現在、世界の頂点にいるのはユリカ・アサヒナなのである。

みんなが喜んでいる中でも、達弘と梨乃が手を取り合い、ひと際大きな声で騒いでいる。

「おい梨乃、聞いたか？　ユリぴょんだってよ！」

「あの女の子、ユリぴょんだったんですね！　信じられない!!」

「ちょっとちょっと、お二人さん。さすがにユリぴょん、なんていうのは聞き捨てならないなあ」

蘭丸がたしなめる。

「頂点に立つプリマっすよ？　いくらファンでも、まるで知り合いみたいに馴(な)れ馴れしく呼ぶのはまずいでしょ」

「いや、だって俺、マジで知り合いだから。裸の付き合いをした仲よ」

全員がぴたりと会話をやめ、一斉に、「ええー!!」と声をあげた。

「マジですか。ユリカ・アサヒナがこんなに男の趣味が悪いとは思いませんでした」

「おいおい。ユリカ――朝比奈百合花(あさひなゆりか)は実は幼馴染なんだよ。ユリカの方が年下だけど、同じマンションに住んでて、同じバレエ教室に通っててね。で、その教室が――」

「うちの母がやってたところなんです」

梨乃が言った。状況がわからずきょとんとしているシルヴィアに、渡辺が英語で通訳している。

「ああ、梨乃ちゃんのご実家ってバレエ教室だったわね」

美咲が納得したように頷く。

「はい。ユリカは幼児クラスから来てくれてたんです。小三の時に、アメリカに行っちゃったけど」

「梨乃んとこの教室は、地元では評判でね」

「やだ、そんなことないですよ」

　梨乃が謙遜する。

「俺がジュニアクラスにいた時、ちょうどユリカが入ってきたんだ。いやー、髪が金髪でふわふわで、目が透き通った茶色で、人形が動いてる！　って思ったよ」

「ユリカってお父さんが日本人だけど、そう見えませんもんね」

「あいつの両親、いつも仕事で遅かったから、俺のおふくろがうちで夕飯食べさせてあげてたんだ。俺、よく風呂入れてやったんだぜ。でも泣き虫でさあ、いつもマミー、マミーって泣くからまいったよ」

「泣いてましたねえ。お母さんからもらったっていう、うさぎのぬいぐるみを抱きしめて」

「そう。だからユリぴょんって呼ばれるようになったんだよな。あー、懐かしい」

　思い出話に花を咲かせる二人に、

「いいなあ、世界のトッププリマが幼馴染だなんて」

　と美咲がため息をつく。

「ユリぴょんだなんて、わたしだって呼んでみたーい」

　雅代も同調した。

　英語で説明を受けていたシルヴィアが、何やら渡辺に耳打ちしている。渡辺が大きく頷き、言った。

「シルヴィアによると、ユリカ本人がこのバレエ団で踊りたいって言ったんだって。たまたま彼女はバケーションでシルヴィアの所を訪れていて、あさってアメリカに帰国するはずだったらしいの。だけどこのバレエ団のことを聞いて、特別な思い入れがあるから参加したいって」

「え、それって絶対に俺と梨乃のことじゃん！」

「ですよね」

達弘がガッツポーズし、梨乃が胸の前で小さく拍手する。

「ユリカ・アサヒナを招聘（しょうへい）できたのは、達弘と梨乃のおかげってことね。感謝しなくちゃ」

渡辺の言葉に、二人は照れくさそうに顔を見合わせた。

「あいつのことだから、俺たちに会ったら号泣すんじゃねーの？」

「絶対に泣くでしょうね。わたしもすでにウルッときてますもん。十年ぶりくらいかな。ああ、ドキドキする」

見学を終えたユリカが、ちょうど階段をおりてきた。

「おーい、ユリカ！」

「久しぶり‼」

ユリカに駆け寄る達弘と梨乃を、みんなが羨ましそうに眺める。

「わかる？　俺だよ、達弘。梨乃は全然変わってないだろ？」

「わたしたちに会いに来てくれてありがとう。ああもう、ほんっとうに嬉しい！」

ハグしようとした梨乃の腕を、ユリカは乱暴に振り払う。

「あんたたち、誰？　知らないんだけど」

ユリカは冷たく吐き捨てると、面倒くさそうにサングラスを取り、二人を睨（にら）みつけた。ガムを嚙みながら——それさえもサマになっている——達弘と梨乃を交互に見る。

とても友好的とはいえない態度に、空気が凍りついた。

しかし達弘は親しげに微笑むと、いつもの明るい調子で続ける。

「だから俺だってば。達兄（たつに）ぃ達兄ぃって、いつもくっついて離れなかったじゃん。梨乃とも仲良かったろ？」

「そうよ。いつも遊んでたでしょ？」

梨乃も一度失った笑顔を取り戻し、何度も頷いた。

「よくシンデレラごっこしたよね。あの時から、ユリカはすごくバレエが上手だったなあ」

梨乃の言葉に、ユリカは不可解そうに眉をひそめた。

「ほら、大人用のティアラを勝手に使って怒られたの覚えてる？　うちのお母さんの教室、奥に衣装ケースが置いてあったでしょ。そこからこっそり持ち出して――」

「教室？　ああ、思い出した」

「んもう、ユリカったらやっと――」

「あんなの、バレエ教室なんて言えないわ」

梨乃の嬉しげな声を遮って、ユリカがぴしゃりと言った。

「アメリカでちゃんとしたスクールに行って、あそこがどんなにレベルが低かったかがわかった。講師もイマイチだったし、あれは子供のお遊びよ。あんなところに通ってたなんて、人生最大の汚点。今の今まで、頭の中で封印してたわ」

梨乃の顔がゆがむ。

「ひどい、そんな言い方……」

「おいユリカ、なんてこと言うんだよ」

「確かにあの教室のオーナーに娘が一人いたわね。それがあなたってわけ。名前も顔も覚えてなかったけど、下手だったことは印象に残ってる」

「そんな……」

ついに梨乃の目から涙がこぼれた。しかしユリカは気にせずに続ける。

「それから、あなた、達兄ぃだっけ？　なんとなーく記憶にある。あなたも大したことなかったわね。確かに発表会では良い役をもらってたけど、ただ単に教室に男子が少なかったからでしょ。あなたレベルのダンサー、アメリカに行ったらゴロゴロいたわ」

「どうしちゃったんだよ、ユリカ。あんなに素直で可愛かったのに。せっかくの機会なんだから、仲良くやろうぜ。な？」

達弘が握手を求めようとすると、ユリカがサッと身を引いた。

「やめてよ。もし指一本でも触れたら、セクシュアル・ハラスメントで訴えてやるから」

「ユリカ……」

達弘は戸惑いを隠せない。

「お前、俺と梨乃に会うために来てくれたんだろう？　世界中のバレエ団が、お前を招聘したがってる。そんな中で、まだ実績もないスペリオール・バレエ団を選んでくれたのは、また俺たち二人と一緒に舞台に立ちたいって思ってくれたからなんじゃないのか？」

「どこからそんな話が出てきたのよ。そんなわけないじゃない」

「さっきシルヴィアから、ユリカにはこのバレエ団に特別な思い入れがあるって聞いたのよ」

「まさか」

あざけるように、ユリカが高らかに笑った。皮肉なことに、それがユリカが見せる初めての笑顔だった。

「あきれた。ずいぶん都合よく解釈できるのね。それ、あなたたちのことじゃないから」

「え？」

「蝶野幹也と紅林嶺衣奈ペアのことよ。わたしはずっと、あの二人にインスパイアされながらバレエを続けてきたの。このバレエ団が彼らの原点だと聞いたから、踊ってみたいと思っただけ」

「あ……」

「そっか、監督と嶺衣奈さんのことか」

達弘と梨乃が、気まずそうに顔を見合わせる。

「あなたたちのことなんて、今の今まで忘れてた。まあ覚えてたとしても、一緒に踊りたいなんて思わなかっただろうけど」

「そっか……てっきり俺たちと踊りたくて来てくれたんだと思って、舞い上がってたよ」

楽天的で明るい達弘も、さすがに落ち込んだ様子だ。ユリカが鼻で笑う。

「まさかと思うけど、あなたがわたしの相手役じゃないでしょうね」

「いや、違うよ」

「よかった。じゃあ、いったい誰？」

「あいつだよ」

達弘が、遠巻きに見ていた蘭丸を手で示す。花音の隣で、蘭丸が慌てて背筋を伸ばした。

「デジレ王子を踊らせてもらう予定の、太刀掛蘭丸です」

「ふうーん……」

ユリカは蘭丸に近づくと、頭からつま先まで全身を眺めた。

「まあ日本人にしては、ルックスはそれほど悪くないみたいだけど。でもあなた、ちゃんと踊れるわけ？」

「あ、いや、その」

焦る蘭丸に代わって、達弘が口を挟んだ。

「蘭丸は、このバレエ団の男性トップだ。いや……実質、日本トップのダンスール・ノーブルといってもいいくらいだぜ」

「へーえ、そうなんだ」

ユリカは片方の口の端だけをあげ、シニカルな笑いを浮かべる。

「じゃあ、今踊ってみせてよ」

「え……い、今？」

「そう、わたしが今と言ったら今よ。振りはわかってるんでしょ？　『目覚めのパ・ド・ドゥ』はどう？」

「そりゃあデジレ王子のパートには憧れて、時々踊ってみてはいたけど……だけど正式なレッスンを受けたわけじゃないし、完全に自己流だから。突然言われても無理だよ」

蘭丸は、助けを求めるようにシルヴィアの方を向く。一連の出来事を、渡辺による通訳を通して理解していたシルヴィアは微笑み、ロシア訛りのある英語で言った。

「グッドアイデアなんじゃない？　挨拶代わりに、ちょっと踊ってみたらいいわ」

「But I'm not ready at all.」

アメリカにバレエ留学の経験もある蘭丸は困った顔をしつつ、本場仕込みのきれいな英語で「準備ができていない」と答えた。

「パートナーのことをよく知るために、踊る以上にベターな方法があるかしら。ユリカは気まぐれだけで言ってるんじゃないと思うわ」

「確かにそうですが、今の時点ではユリカにがっかりされるだけだと思います。せめて何度かレッスンを受けてからにしたいです」

二人の英語でのやり取りを、全員が見守っている。バレエ・ダンサーは海外から来た講師に指導を受けることも多いので、英語はだいたい理解し、話すこともできる。

「そんなに大げさに考えることはないわ。何もお客様に見せるわけじゃないのよ。踊りなさい。わたしも見ておきたいから」

シルヴィアにそう言われては、踊らないわけにはいかない。

「わかりました。じゃあスタジオに移動しましょう」

蘭丸が応じると、シルヴィアが満足げに頷いた。


スタジオの中央で、ユリカと蘭丸がポジションにつく。

壁一面には、最初の手合わせがどうなるのかとハラハラしている団員たちがはりついている。花音も祈るような気持ちで、その輪の中にいた。

蘭丸の表情は硬く、緊張が見て取れる。世界トップのプリマと初めて踊るということだけでも緊張するのに、シルヴィアが見ているとなればなおさらだろう。

スピーカーから、「目覚めのパ・ド・ドゥ」の音楽が流れ始めた。

すっとユリカが手を伸ばす。たったそれだけの仕草さえ優美で、目が吸い寄せられる。その指先に、つま先に、まるで神が宿っているのではと思うほど輝き、舞うたびに光を放つ。

くちづけで目覚めたばかりのオーロラ姫。初々しく、可憐で、王子を見つめる視線には恥じらいが見え隠れする。その奥ゆかしさはさきほどまでの厳しい表情とは正反対で、別人かと見まがうほどだ。

一方、蘭丸も、とても「準備ができていない」とは思えないほど、ちゃんと振り付けをこなし、生き生きと踊っている。難しいステップが続くところも、的確だ。

王子にとっても、初めてのくちづけの相手。やっと巡り会えた、愛する姫君。オーロラ姫に触れる手に、愛おしさがにじみ出ている。

この二人は出会ったばかりで、恋も始まったばかり。けれどもここから結婚へと至るまでの感情の高ぶりを、このパ・ド・ドゥでは表現しなければならない。その意味では、物語の肝ともいえる重要なシーンだ。そして二人の踊りからは、大切に愛情をはぐくむ様子が伝わってくる。

そんな二人に魅せられているうちに、パ・ド・ドゥは終わった。音楽がやんで二人がレヴェランスをすると、わっと拍手が湧く。花音も興奮して、痛いほど手を叩いていた。

――やっぱりすごい。これが世界のユリカ・アサヒナ……。

しかしレヴェランスを終えると、ユリカの美しい顔から一瞬で微笑が消えた。無機的な表情に戻り、ただ手首や足首を回している。

蘭丸が落ち着かなげに、ユリカの言葉を待っている。どんな言葉が飛び出るか……

どんな判断をされるか……。

「思ったより、踊れるのね」

ユリカの第一声に、蘭丸が表情を和らげた。

「あなた──蘭丸くんだっけ。すっごく努力してきたでしょ。違う？」

蘭丸が、誇らしげに大きく頷く。

「自分で言うのもなんだけど、俺、毎日遅くまで残ってレッスンしてるし、週末も自主練習に来てるんだ。解釈を深めるためにいろいろな文献も読んで、音楽もよく聞くようにしてるよ。一日がバレエ中心に回ってるって感じかな。バレエのためなら、どんなに辛いことだっていとわない」

「そうなんでしょうね。だって頑張ってきたってことが、見てるとよくわかるもの。ものすごく練習を積んだのね」

「嬉しいなあ。世界のプリマにわかってもらえるなんて感激だよ」

蘭丸が破顔する。さきほどまでの態度が態度だっただけに、花音も嬉しくなった。いくら性格がきつくても、ダンサー同士、才能は惜しみなく認めるということなのだろう。

団員たちも同じ気持ちなのか、みんなホッとした顔をしている。

──が。

「プロ失格ね」

　ユリカの冷たい一言で、また周囲が凍りついた。

　花音は耳を疑う。プロ失格？　褒めたばかりなのに、なぜ？

「え、ごめん、今、なんて？」

　蘭丸は笑顔を崩さないが、戸惑っているのは明らかだ。

「聞こえなかった？　プロ失格って言ったの」

「だけどたった今、すごい努力してきたのがわかるって言ってくれたじゃないか」

「それがダメなんだってば。あなたのバレエには技術がある。あなたはものすごく難しそうな技を、連続でこなしてる」

「え？　それ、褒めてくれてるんだよね。あ、そうか、『失格』っていう日本語を正しく知らないんだね。けなされてるのかと思って、めちゃくちゃ焦ったよ」

「褒めてない！　全然褒めてないわよ。ばかじゃないの？　『失格』って言葉くらい、ちゃんと知ってる。あなたが踊ると、難しい技だってわかっちゃうの。すごいなあってお客様に感心されちゃうんだってば」

「は？　だから、それでいいんだろ？　何が悪いんだよ。意味わかんねえ」

　いつもは穏やかな蘭丸も、さすがに口調を荒くする。

「感心なんかされてどうするのよ。ダンサーはね、生まれつき、何の苦労もなく踊れますっていう風に見せなくちゃダメなの。わあ簡単そう、あれなら自分にも踊れそう――そうお客様に思ってもらえるくらい、楽々と踊らなくちゃいけないの。あなたは魚が泳ぐのを見て、『すごい努力をしてるなあ』って思う？　鳥が空を飛ぶのを見て、『練習して難しい技術を体得したんだなあ』って思う？　思わないでしょう。だってできることが自然なんだから。

それと同じよ。バレエに技術が介在していることがバレちゃダメなの。舞台の上では、わたしたちはおとぎ話の住人。王女や王子、動物や妖精にならなくちゃいけない。観客に『あのジャンプ、難しそうだなあ』って思われることは、演技しているという事実をむき出しにしてるってこと。つまり王女や王子、動物、妖精として見られてないっていうことよ。

演じるんじゃない。なりきるのでもない。なるの！　その役と一体化するの。そのための一歩が、努力のあとが一切見えないくらいになることなの。汗と涙のにじんだテクニックなんて、見苦しいだけ！」

ユリカの勢いに圧倒され、誰もが言葉を失っている。

花音の心は、打ち震えていた。これまでは、難しい技術をどんどん体得し、舞台の上で披露することも、お客様を喜ばせる要素の一つだと考えていた。けれども確かにそれは、バレエ・ダンサーとしての自分を見せていることに他ならない。

演じるのでも、なりきるのでもない。

なる。

一体化する。

魚が泳ぐがごとく、鳥が羽ばたくがごとく、ダンサーがどんなに難しい技を繰り出しても、ごく自然なことだと思わせる――

バレエを踊るということは本来そうであるべきなのだと、横っ面をはたかれた気持ちだった。

「――で？　これが日本のトップレベルのダンスール・ノーブルですって？」

ユリカが皮肉な微笑を浮かべると、蘭丸が唇を噛んだ。

「まあいいわ。いずれにしても、わたしはこのバレエ団で踊ってみたい。相手役はあんたってことで我慢してあげる。シルヴィア、レッスンは明日からってことでいいのかしら？」

最後だけ英語で言いながら、シルヴィアの方を向く。

「ええ、そうね。明日から早速始めましょう」

「OK。あー、なんだか疲れちゃった。ホテルへ帰って寝るわ」

ユリカは伸びをすると、さっさとスタジオを出て行った。

ガラス窓からユリカが階段を下りて行ったのを見届けて、渡辺が苦笑する。

「なんというか、かなり衝撃的な顔合わせだったわね」

「ほんとっすよ。こんな再会になるとは思わなかったなあ」

達弘が頭を掻き、

「……ユリカ、変わっちゃった」

梨乃が洟をすすった。

「気にすんなって。十年以上経ってるんだ、誰だって変わるさ」

達弘が梨乃の頭を軽くなでる。

「と言いつつ、俺もめちゃくちゃショックだったけどな」

「昔は違ったんですか？」

蘭丸の質問に、梨乃が答える。

「すごく優しくて、いつもにこにこしてた。引っ込み思案で、教室でもいつもすみっこにいて、積極的にこの役をやりたいって手を挙げる方じゃなくて……」

そこまで言い、梨乃は声を詰まらせた。

「でも、そういう教室での思い出も、ユリカにとってはいまいましいものなんでしょうね。子供のお遊びって言ってたから」

「それは気にしなくていい。しっかりした教室だったのは、俺が知ってるんだから。な？」

「はい」

　梨乃は涙を手で拭い、こくんと頷く。

「ユリカと一緒に踊ってみてどうだった、ランマル？」

　シルヴィアが、英語で蘭丸に話しかける。

「そりゃあもう、踊りやすかったです。体がすごく軽くて、サポートにも全く力が要らなくて。『え、俺ってこんなに上手かったっけ？』ってうぬぼれそうになるくらいでした」

「そう。いいことね。相性が良ければ、互いの踊りも高めることができる」

「ただ……うまくやっていけるか不安です。ユリカは、その、なんというか――」

　蘭丸が言葉を濁すと、シルヴィアが笑いながら言った。

「わかってる。ウィッチよね」

「え⁉　いや、そんな、そこまでは――」

　蘭丸が慌てて首を横に振る。ウィッチは魔女という意味で、良い意味では使われないはずだ。しかしシルヴィアは、愉快そうに続けた。

「いいじゃない、本当のことだもの。それに、いくらウィッチでも構わない。最高のバレリーナであることには変わりないもの。ステージの上で変身してくれれば、それでいいのよ。あの子は何にでもなれる、とても稀有な存在だわ」

確かに、と花音は納得せざるを得ない。

「シルヴィアは、正直どう思いましたか？　俺のバレエ」

「そうねえ、まだまだだわ」

「……ですよね」

蘭丸が肩を落とす。

「でも大丈夫。わたしの指導と、ユリカのパートナーになることで、必ず良くなるから。その代わり、ちゃんとついてくるのよ」

「覚悟はできてます。この公演が終わった時には、ひとまわり大きなダンサーになれるように、どんなことでも吸収するつもりですから」

「いい心がけね」

シルヴィアは微笑んだ。

「さあサダコ、ランマル、早速明日からのことを打ち合わせしましょう。一緒に下まで来て」

渡辺と蘭丸を伴ってシルヴィアが去ると、張り詰めていた空気がゆるんだ。ふう、と団員が同時に息をつく。

「緊張の連続だったわね」

「俺、息をするのを忘れてた」

「わたしも」

そんな声が、あちこちからあがる。花音も力が抜けたように、ただぼうっと突っ立っていた。

「花音ちゃん、ちょっといい？」

厳しい顔をした美咲や雅代が、立ちはだかった。

「とてもじゃないけど、あんな子とやっていけないわ。他の人たちも、あなたに言わないだけで、同じ気持ちだと思う」

雅代が片手でスタジオにいる女性ダンサーたちを示す。彼女たちも顔を寄せてひそひそと話し合っていた。

「確かに誰が見ても、ユリカ・アサヒナは最高のプリマ。それは認める。バレエに技術が介在していることを観客に意識させてはいけないという意見にも、目の覚めるような思いだった。彼女が非凡であることは間違いないわ。

だけど、あんな態度ではスムーズなコミュニケーションが取れるとは思えない。意思疎通ができなければ、舞台の成功に向かって心を一つにすることは難しいと思う」

「わたしも雅代に賛成。シルヴィアの演出なら、それだけでお客様は呼べる。だったら団員の中からオーロラ姫を選ぶべきだわ。ナベさんからシルヴィアが演出を手掛けてくれるって聞いた時、真っ先に、これでプリマを招聘する必要はなくなった、わたしにもチャンスが巡ってきたって喜んだ。だけどユリカが参加するって聞いて、頭の中が真っ白になったわ。達弘くんと梨乃ちゃんに会いに来たってことだったから、お門違いだけど、つい二人のことも恨みそうになった。まあ、それに関しては違ったわけだけど」

——いいなあ、世界のトッププリマが幼馴染だなんて。

先ほどの美咲の言葉。あの時の羨ましそうな表情も、作っていたというのか……。

「とにかくわたしたちはユリカをオーロラ姫として絶対に認めないから」

美咲と雅代はそう言い切ると、肩で風を切ってスタジオを出て行った。

「花音さん、大丈夫ですか？」

梨乃が心配そうな顔で立っている。

「うん、平気。美咲さんと雅代さんの気持ち、わかるし。わたしだって本当は、ここの誰かが主演をしてくれた方が嬉しいもん。梨乃ちゃんだって、オーロラ姫、踊りたかったでしょう？」

「そりゃあ憧れの役ですけど、わたしなんて一番年下だし、まだまだだから」

梨乃は控えめに微笑む。その素直さと優しさに救われる。

「ユリカが変わっちゃったのはショックだけど、今の踊りを見たら圧倒されちゃって。わたしはやっぱり、オーロラ姫はユリカしかいないって思います」

「うん、そうよね」

こうして理解してくれる人もいる。だけど――

花音は、スタジオを見回す。

女性ダンサーたちの表情から戸惑いは消え、すでににこやかに談笑し合っている。

だけど――目は笑っていない。

あらためて、花音は感じる。

ここにいるのは人間ではない。

〝バレエ・ダンサー〟という業の深い生き物であるのだと。

――これから先、また何かが起こりそうな気がする。

そんな予感が、鳥肌となって花音の全身に広がった。

＊

『みなさん、こんばんは。

信じられないことに、きゅうきょ演出家が決定いたしました。しかもなんと、シルヴィア・ミハイロワなのです！

プリマはまだ決まっていません。いずれお知らせしますね』

キーボードで打ち込んでブログをアップした花音は、ため息をついてテーブルに突っ伏した。

「そんなに落ち込むなよ。はい、これでも食べて元気だして」

蘭丸が台所から皿を運んでくる。

「しらすが旬だからパスタにしてみたよ。それとアジのカルパッチョ！　新じゃがのポタージュも自信作」

テーブルに美味しげな皿が並んだ。蘭丸は料理が得意で、時々花音の部屋に来ては作ってくれる。付き合い始めてしばらく経つが、いつも優しい自慢のボーイフレンドだ。いただきます、と手を合わせて食べ始める。

「でも、せっかくまとまりかけてたバレエ団の雰囲気を壊しちゃった」

「花音のせいじゃないよ。それにあれから渡辺さんとシルヴィアと話し合って、ユリカの起用を保留にすることに決まったんだろう？　このまま強引に進めることにならなくて、俺は良かったと思うよ」

話し合いの結果、しばらくは候補者の一人としてユリカと一緒にレッスンをし、時間をかけてオーロラ姫を決定しようということになったのだ。

「そういうことならいいわ。わたしたちにも、まだチャンスはあるってことだものね」

美咲と雅代も納得してくれた。

だから正式に決定するまでは、ユリカがこのバレエ団に参加することを含めて一切他言無用ということになっている。

「こういう時、理事とダンサーを両立していく自信がなくなっちゃう」

「花音はよくやってるよ。大丈夫大丈夫。今の花音をみたら、有紀子(ゆきこ)も絢子(じゅんこ)も『頑張ってるね！』って絶対に褒めてくれる」

懐かしい名前に花音の胸は温かくなる。かつて仲間だったバレリーナたち。「ジゼル」公演の後、有紀子はイギリスの、絢子はフランスのバレエ団のオーディションを受けて合格し、旅立っていった。

新しい道を切り開いた二人を心から誇りに思う一方で、花音は寂しいとも感じてしまう。けれども踊り続けている限り、きっといつか一緒に舞台に立てる日がやってくる――花音はそう信じている。

励まされながら美味しいディナーを食べたら、少し元気が出た。お手製のティラミスに舌鼓を打っていると、蘭丸がＤＶＤを取り出した。

「一緒に観ようと思って持ってきた」

「わあ、ユリカの踊った『眠れる森の美女』ね！」

ロスアンゼルス・バレエ・カンパニーの公演ＤＶＤを早速観始める。冒頭から世界観の美しさに引き込まれ、酔いしれているうちに第三幕になった。ユリカのグラン・パ・ド・ドゥは、やはり圧巻だ。ダンサーとしてのレベルが違う。ロスアンゼルス・バレエ・カンパニーは全米でも一、二を争うバレエ団だ。その最高位プリマとして存在し続けるユリカの素晴らしさ――いや、凄まじさを見せつけられた気分だった。

「このデジレ王子もすごいよ。マイケル・バルマン」

蘭丸が唸る。

マイケル・バルマンは〝究極の貴公子〟と呼ばれるスター・ダンサーだ。貴族のような端麗な容姿に、しなやかな筋肉。自在に全身を操り、そのまま宙へ飛んでいくのではと思うような驚異的なジャンプをする。

それでもユリカと踊るときは丁寧なサポートに徹し、ペアとして息の合った華麗な踊りで魅せる。ユリカを見つめる瞳は情熱的で、支える手は優しく、愛情に満ち溢れていた。

「ため息が出るくらい美しいペアよねえ」

「あーダメだ。こんなの観たらデジレ王子なんて踊れないよ」

蘭丸が頭を抱えた時、スマートフォンが震えた。着信には意外な名前が表示されている。

「……もしもし、美咲さん？」

お互いに番号は知っているものの、プライベートでは親しいわけでもなく、毎日スタジオで顔を合わせているので、一度もかかってきたことはない。

——ひどいじゃない！

いきなりヒステリックな声が聞こえてきた。漏れ聞こえているのだろう、蘭丸が気遣うような表情をする。

——ユリカの起用は保留にするっていう約束でしょう⁉

「そうです。反対意見が多い以上、まずは一緒にレッスンを重ねて——」

——嘘ばっかり。レッスンを重ねるも何も、もう決定しているくせに。

「とんでもない、まだ最終決定には至っていません」

——何を言ってるのよ。プレスリリースを出したじゃない。

「まさか。そんなはずは……」

——英語版のリリースも出てるわ。パリのオペラ座で踊ってる友達が、びっくりして電話してきたんだから。確認したら、うちのウェブサイトでも大々的に発表しているじゃない。

隣で聞いていた蘭丸が、慌ててPCでバレエ団のトップページを開いた。『最新のお知らせ』に、『当バレエ団旗揚げ公演「眠れる森の美女」の演出はシルヴィア・ミハイロワ、オーロラ姫はユリカ・アサヒナに決定いたしました。世界トップとのコラボレーション、是非ご期待ください』と確かに書いてあり、きちんと英訳も添えてある。

　まさか。どうして……？

——フェアじゃないわ。話し合うと言いながら、こうして既成事実を作るつもりだったのね。

「違うんです。わたし、本当に知らな——」

——花音ちゃん、理事になって変わったわね。偉くなったと勘違いしてるんじゃない？　あなたが現役ダンサーでありながら理事になったのは、運営側とダンサー側を円満に調整するためでしょう？　こんな横暴なことをするとは思わなかったわ。

「美咲さん、わたしも混乱してるんです。どうしてこんなことになったか確認させてください」

——しらじらしい。あなたなんて潰れればいいのよ。

「待って——」

　一方的に電話は切れた。

「どういうことだ？」

「わかんない。渡辺さんもシルヴィアも、慎重に進めることに同意してくれたはずなのに」

花音はハッとする。もしかしたら。

急いでスマートフォンを操作し、登録したばかりの番号を呼び出す。相手はワンコールで出た。

「野崎さん、まさか、プレスリリースを出しましたか？」

挨拶もなしに切り出すと、野崎も時間の無駄とばかりにすぐに答えた。

――ええ、出しましたよ。さきほど渡辺総裁からシルヴィアさんとユリカさんについて報告を受けまして、すぐに全世界に向けて発表させていただきました。もうさっきから電話が鳴りやまなくて。

淡々とした、しかし愉快そうな声。花音は怒りを抑えつつ、言った。

「まだ確定ではないと、渡辺さんから聞いていませんでしたか？　ユリカの起用は、いったん保留になったんです。今日突然現れて、その場で主演に決定というのは急すぎます。バレエは、団員全員で作り上げるものです。スターひとりでは完成しないんです。だから全員が納得できるよう、きちんと協議を重ねて――」

――だけど最終的には、ユリカさんに決定するんでしょう？

「そうなる可能性が高いとは思いますが、一足飛びにせず、プロセスを大事に……」

――プロセス？　それを踏むことで、金を生みますか？

花音は言葉に詰まった。

──ぐだぐだやっているうちに、ユリカさんの気が変わったらどうするんですか？　他のバレエ団だってオファーを出すかもしれない。先手必勝ですよ。うちが世界のミハイロワとアサヒナを押さえたと、一秒でも早くアピールしなければ。

「確かにそうかもしれませんが……せめて数日でも待ってくださるべきでした。ダンサーは繊細なんです。心が技に出ます。わたしはダンサーが安心して踊れる環境を──」

乾いた笑いが聞こえた。

──どうぞどうぞ、それなら銀行の金に頼ることなくおやりになればどうですか。

花音が何も言えないでいると、再び野崎が笑った。

──ダンサーが繊細？　安心して踊れる環境？　笑わせてくれますね。すべては金の上に成り立っているということが、あなた方にはどうしてわからないんですか？　渡辺総裁といい、如月さんといい、甘すぎますよ。まあ、だからこそ僕が出張ってくる羽目になったわけですが。

「だけど……だけど……」

言い返したくても、言葉が出てこない。

──如月さんに、僕からのアドバイスをさしあげましょう。物事でも行動でも、まずはお金に換算してみるといいですよ。そうすれば何が無駄か、必要かがわかります。

例えば……今こうして如月さんが僕に文句を言っていること。これは金になりますかね。

「……いいえ」

ふふ、と鼻であざ笑われた。

——ですよね。では、そういうことで。

「ちょっと待ってください。渡辺さんは、リリースのことを知っていたんですか？」

——ええ、一応、筋として事前に伝えましたよ。ただ、実権を握っているのは渡辺総裁でなく僕であるということをお忘れなく。では失礼します。こうしている間にも、着信がすごいんですから——金になりそうな着信がね。この分だとおそらく二、三日はバレエ団に伺えそうにありませんので悪しからず。では、また。

電話が切れた。

「花音……大丈夫か？」

花音は答えられず、震える手でスマートフォンを握りしめる。

野崎の言っていることは正論だ。だけどそれだけでは良いステージを作ることはできないのに。

やはりバレエ経験のない野崎とは、うまくやっていくのは難しい。

ダンサーたちと理事の間でも板挟みになり、理事同士の間でも摩擦がある。

いったいこれから、どうすればいいのか——

花音は大きなため息をついた。

3

とにかく渡辺さんと話し合わなくては——次の朝、花音はバレエ団に急いだ。レッスンは十時からだが、渡辺は八時には事務室に来るだろう。団員が集まる前に、対応をすり合わせておきたかった。

まるでその一角だけがヨーロッパのような、瀟洒(しょうしゃ)なバレエ団施設が見えてくる。重厚な門扉は青緑色に金色をあしらったロートアイアン製で、唐草模様の曲線が流麗だ。唐草模様の向こうには渡辺が丹精を込めて世話をしているヨーロッパ風庭園が透けて見え、白亜のロココ様式の建物とあいまって、非現実的なほど美しい世界を作り上げている。

「あ、渡辺さん」

花音は手を振る。門を入ってすぐのところに、渡辺の姿があった。

が、彼女は気づかないのか、そのまま立ち尽くしている。近づいていくにつれて、足下に赤黒いものが広がっていることに気がついた。

――血？

花音はどきりとする。渡辺が、まるで血の海に立ち尽くしているように見えた。

「渡辺さん、大丈夫⁉」

慌てて駆け寄ると、渡辺は、真っ青な顔でこちらを見た。

「これが……こんなものが」

血の海だと思ったものは、おびただしい数の花弁だった。しおれかけ、黒く変色しかけた真紅の薔薇。不吉なフラワーシャワーだ。白地に鮮血のような色が、花音の目に飛び込んできた。

渡辺が手に持っていた紙を差し出す。

オーロラ姫に、永遠の眠りを。　――カラボス

不気味な赤い文字。絵の具と筆で書きなぐってあり、ところどころに赤いしぶきがついている。まるで本物の血文字のように見えた。

「門のところに、花びらと手紙が投げ込まれていたの」

渡辺はため息をついて、便箋を折りたたんだ。

「みんなには黙っていて。これからっていうときに、水を差したくないわ」

「わかりました。今のうちに片づけましょう」

ガーデニング用具をしまってある収納庫からほうきを取りだし、ふたりで掃き始める。

「みんなが来る前で良かったですね」

「ユリカには見られちゃったんだけどね。一緒に来たから」

「そうなんですか？」

「今回の客演で日本に長期滞在することになったから、紅林総裁の家に泊まってもらうことにしたのよ。練習スタジオも併設されてるじゃない？　とても喜ばれたわ」

紅林総裁の亡き後、紅林邸はバレエ団が管理し、バレエ団の資料や小道具、古い衣装を置くなどしている。

「総裁の家からバレエ団まで行き方がわからないと思ったから、朝迎えに行って、一緒に来たのよ」

「だったらこれを見て驚いていたでしょう？」

「それが、全然」渡辺は笑った。「そのまま踏みつけて行っちゃったわ。プリマになって以来、いやがらせなんて日常茶飯事なんですって」

女王様然としたユリカらしい。そしてその毅然（きぜん）とした態度に、なんだか救われる。

「気が滅入るけど、仕方ないわよね。一気に注目を集めちゃったんだもん。どこかから妬まれちゃっても不思議じゃないわ」

「急なリリースで驚きました。美咲さんもショックを受けてたみたいです」

「ごめんね、野崎さんを止められなくて」

「いえ、そんな……」

「美咲にしても裏切られた気持ちになったでしょうね。きっと他の子たちも」

「今日、どこかのタイミングできちんと説明したいと思っています」

「そうしましょう。ただね……最初はわたしも野崎さんが強引すぎると思ったけれど、昨日のタイミングでのリリースは正しかったかもしれないわ」

「正しかった？　どうしてですか？」

「すごい反響なのよ。他のバレエ団からは『合同公演させてもらいたい』、ダンサーからは『外部からのオーディションをしてほしい』とか、昨日の夜から電話もメールもひっきりなしなの。ああ、移籍したいっていう希望もたくさん来たわ。もちろん丁重にお断りしたけど」

「そんなに……」

　野崎も電話が殺到していると言っていた。

「紅林総裁も嶺衣奈ちゃんも蝶野監督もいなくなった今、うちは業界では存在感を失ったわ。それがたった一晩にしてトップに返り咲いたのよ」

確かにそうだ。花音も野崎のやり方に反発するばかりでなく、認めるべきかもしれない。

「そうですね。そのことを具体的にみんなに説明してみます」

花びらが全てダストパンに集められた。重なり合うとますます赤黒い色がどぎつく、不吉に見える。

「さあ、こんなことは忘れて、今日も一日頑張りましょ」

集めた花びらを、渡辺はゴミ袋でなくガーデンの土に混ぜ込んでいる。

「捨てないんですか？」

「肥料にしちゃうの。こうしておけば自然に分解されるから。ふふふ、妬みさえも肥やしにしてやるんだから」

渡辺のたくましさに、花音も思わず笑顔になる。

花びらを混ぜ込むのを手伝ってから、一緒にロビーに入った。渡辺は事務室に、花音はスタジオへと向かう。

妬みも肥やしにという渡辺の言葉のおかげで、勇ましい気分で階段を上がる。外野から何を言われようと、わたしたちが完璧なパフォーマンスを見せてやればいいのだ。

階段を上がりきってスタジオのあるフロアに着く。大きなガラスの窓越しに、ユリカが踊っているのが見えた。しなやかな体、金色の髪が、朝陽に輝いている。

防音ガラスから、かすかに音楽が漏れ聞こえてくる。第一幕のローズ・アダージオ。求婚者たちから薔薇を受け取る場面で、アダージオはゆっくり踊るという意味である。軽やかなリズムに乗って、ユリカは優雅に舞っている。本当なら一緒に四人の王子がいるのだが、今はユリカだけだ。けれども彼女の表情や目線で、まるでその場に王子たちがいるように感じさせる。

いよいよ求婚の薔薇を受け取る段になり、ユリカは片足でつま先立ちをすると、もう片方の足を後方に高らかに上げるアチチュード・バランスのポーズをした。

花音は、息をのむ。

四人の王子から順番に求婚される場面では、オーロラ姫はずっとこのアチチュード・バランスを保たなければならない。つまり何分間も、全身を片足のつま先だけで支え続けるということだ。いくら体幹が鍛えられ、バランス感覚に優れたバレリーナといえども非常に難易度は高く、だからこそローズ・アダージオの中では最大の見せ場となっている。

アチチュード・バランスで立つオーロラ姫の前に、四人の王子が入れ替わり立ち、順番に求婚して手を差し伸べる。そのたびにオーロラ姫はその手を取って微笑む演出があるのだが、これはこの長く苦しいポーズの合間に四度片手をサポートされることにより、バランスを微調整するという目的もある。

ひとりの王子が次の王子に求婚の順番を譲る間——つまりオーロラ姫が完全に自立していなければならない時間——の長さは、舞台によってさまざまだ。次々と王子が入れ替わって自立の時間が短めのステージもあれば——とはいえ、それでも充分難易度は高いのだが——自立しているところを少々長めに観客に見せるステージもある。おおむねバレリーナの力量によって調整される部分もあるが、いずれにしても途中で差しはさまれる王子のサポートなくしては、このアチチュード・バランスを長い間保つことはほぼ不可能といっていいだろう。

けれどもユリカは今、誰のサポートもなく、ずっと一人で立っている。しかも少しもバランスを乱すことはなく、優雅に、いともたやすく、片方のつま先だけで全身を支えている。

ありえない。

人間に、こんなことができるはずがない。

そう思いかけて、すぐに否定した。

ユリカは人間じゃない。

おとぎ話の中に棲むお姫様なのだ。

人間にはできないことなのに、できて当たり前——そう思わせるほど涼しげな顔だ。この境地に至るまでに、いったいどれほどの訓練を積んだのか。

ユリカがオーロラ姫を演じた「眠れる森の美女」のＤＶＤを思い出す。そのローズ・アダージオでは、このポーズをする合間に王子の手を取っていた。だけど実際には、ユリカにはサポートは要らないのだ。演出として必要だから求婚する王子の手を握り返すだけで、ユリカは一人でずっとバランスを崩すことなく立っていることができるのだ。

本番のステージよりも、練習の方がレベルが高いなんて。

こういう人だからこそ、常にステージでは百パーセントの実力を出し、完璧な踊りができるのだ。シルヴィア・ミハイロワが引退した今、これほどのバレリーナは世界でユリカただ一人かもしれない。

これが世界の頂点に立つプリマ・バレリーナというものなのか——

アダージオの音楽が終わると、ユリカは踊るのをやめた。ＣＤを止め、タオルで汗を拭いている。ふとユリカがこちらを向き、目が合った。花音は慌ててぴょこんと頭を下げたが、ユリカは反応せずに窓の外に視線を移す。見えなかったのかもしれない。

花音はスタジオへ入った。

「おはようございます」

ユリカは無言だ。

「昨日は自己紹介しそびれたんですが、如月花音といいます。ダンサーなんですけど、理事も兼任しているの。ユリカ・アサヒナが参加してくれるなんて、本当に光栄で夢みたいです。今のローズ・アダージオ、見惚れちゃいました。とっても素晴らし――」

「Shut up!」

ユリカが鋭く睨みつけた。

「わたしの頭の中では、ずっと音楽が鳴ってるの。この振りはどう表現しよう、このパとあのパをどうすればスムーズにつなげられるだろうって、踊ってない時でも考えてるの。邪魔しないで」

「ごめんなさい」

花音は慌ててスタジオを出た。

隣のスタジオへ入ると、気を取り直して音楽をかけてウォームアップを始める。ユリカのバレエを間近で見たことで、刺激を受けていた。

改装したスタジオはここちよかった。鏡も大きくしたので、見やすい。音響スピーカーもよいものに入れ替えたから、オーケストラのCDなど、どのパートも臨場感たっぷりに聴こえる。

念入りに体をほぐしていると、「おはよー」とレッスン着に着替えた達弘と蘭丸が入ってきた。時計を見ると、いつの間にか九時前になっている。

「やっぱり花音が一番乗りかー」

「一人だと張り合いないだろ？　お供をしようと思って早めに来たんだ」

「ありがとう。だけど一番乗りじゃなかったんですよ」

「あれ、そうなの？」

達弘が、床でストレッチを始めながら聞く。

「隣にいなかったですか？　ユリカが」

「いや、誰もいなかったけど——あ、ほんとだ」

達弘が言った矢先、ガラス窓越しに女性用手洗いから出てきたユリカが見えた。

「挨拶してこよう」

「俺も行きます」

二人が立ち上がったので、花音は慌てて止めた。

「邪魔しない方がいいですよ」

「だって休憩中じゃん」

「さっき話しかけたら、怒られちゃいました。踊っていない時でも、休んでいるように見える時でも、ずっと頭の中でパのことを考えてるって」

「確かにダンサーにはそういう時があるけど、普通怒ったりはしないよ。昨日のことといい、俺、あの子苦手だな」

　みんなの前でやり込められたことを思い出したのか、蘭丸がため息をついた。

「実はさ……ちょっと二人に聞いといてほしいことがあるんだ」

　達弘が神妙な顔で口を開いた。

「あいつが所属してるロスアンゼルス・バレエ・カンパニーに、俺の友達が二人いるんだよ。ひとりはマイケル・バルマンで……」

「達弘さんってマイケル・バルマンとも知り合いなんですか？」

「すごい！」

　蘭丸と花音が、同時に目を輝かせる。

「ジュニアの時に、スイスで一緒に夏期講習を受けたんだ。あの時は、まさかあいつがここまでビッグになるとは思ってなかったんだけどね」

「ユリカとマイケルの『眠れる森の美女』を、ちょうど花音と観たところなんです。素晴らしかったなあ」

「日本が誇る太刀掛蘭丸が大ファンだって伝えておくよ――って、連絡がつけばの話なんだけど。いや、あんまりユリカがここで衝突しまくってるから、普段はどうなのか知りたくて連絡したんだ。でも通じなくて。どうやら世界ツアーに行ってるみたいなんだよな」

「ああ、そういえばヨーロッパ、南米、アジアを回るってホームページに書いてあったわ。日本は含まれてなくて残念だって思ってたの」

「そう、すごい大規模ツアーなんだよ。で、全く連絡がつかないから、ツアーに参加してないキャシーっていう友達に電話したんだ。で、ユリカの様子を聞いてみた」

「そしたら？」

「うん、やっぱり横暴な振る舞いが多くて、衝突は多かったらしい。だけどキャシー曰く、ユリカがああいうキツイ性格になったのには理由があるっていうんだ」

達弘はそこで一度、言葉を切った。

「知らなかったんだけど、ユリカの両親、離婚してたんだって。ユリカが小三の時、急にアメリカへ引っ越すことになったのは、アメリカ人のお母さんが親権を取って帰国することになったからだったらしい。

でもまあ、ここまでなら普通の話だよ。もちろん生まれた時から九年間ずっと日本で、英語が話せるとはいえいきなりアメリカに引っ越すことになったのは大変だったろうけど、ウィッチになっていい理由にはならないよな。つまり問題はここからでさ」

達弘は少しためらうように、いったん言葉を切った。

「あいつ虐待されてたらしい――母親に」

花音は息をのむ。

「俺もあいつの母さん覚えてるけど、人前でユリカのことを叱りつけたり、ちょっと不安定だなって印象は持ってた。離婚してアメリカに戻ったものの仕事がなくて、おまけに幼い子供を抱えて――ますます精神崩壊してしまったんだろうな。そして鬱憤を、ユリカにぶつけてた。すさまじかったらしい。殴る蹴るは当たり前。熱湯をかけられたり、タバコの火を押し付けられたり。食事もろくに与えてもらえなかったし、当然、バレエなんて習わせてもらえるはずはない」

花音も蘭丸も、ただ言葉を失っている。

「アメリカって虐待に厳しいからすぐに通報されたりするんだけど、母親のやり方は巧妙で、腕や足とか見えるところは絶対に傷つけなかったから全然ばれなかったらしい。あいつも子供だし、周りに助けを求めることはしなかったみたいだ。――いや、隠してたのかもしれないな。多分、そんなことをされても母親のことが大好きだったんだよ」

達弘は重いため息をついた。

「ある日体育の授業で、バレエの動きを取り入れた運動があったんだって。ユリカが完璧にこなすのを見た教師が絶賛して、ロスアンゼルス・バレエ・カンパニーに見てもらうべきだって連れて行った。

試しに踊らせてみれば素晴らしくて、カンパニーの監督も講師も大絶賛だったらしい。だけどアラベスクのポーズとか、時々ぎこちなくなる。体に痛いところがあって、それをかばっているような感じだったって。

おかしいと思った女性講師が、ユリカのレオタードを脱がせてみた。そしたら……背中、お尻、胸、腹部にやけどや傷がびっしりあった。しかも赤や紫、黄、青、黒とかいろんな色になっていて、かなり長い間にわたって虐待されていたことがわかった。

そのまま母親は逮捕されて、刑務所行き。これがユリカが小五の時のこと」

ほんの十歳で経験するには重すぎることばかりだ。自分がその年齢だった時のことを、花音は思い出してみる。勉強したくない、宿題を忘れて立たされた、友達と喧嘩(けんか)した……悩みといえば、せいぜいそんなものだった。そしてそんな悩みでさえ、当時の自分には重たかった。であれば、ユリカの小さな心はどれほどのダメージを受けたことだろう。

「母親がいなくなったユリカには、養育者が必要となる。そこに、カンパニーが名乗りを上げてくれた。ユリカには衣食住を与え、学校に通わせ、バレエのレッスンを無償で受けさせるって」

「ああ、よかったですね」

　蘭丸がホッとしたように言う。が、達弘の顔は冴えない。

「それが、そうでもないんだな。結局これはさ、バレリーナとして成功することが大前提なわけ。もしもユリカが大成しなかったり、怪我や病気で踊れなくなったら、カンパニーは養育者からおりるという条件なんだ」

「え？　それじゃあ……」

「そう。バレエは、ユリカの命綱そのものだったってこと」

「でもアメリカはチャリティが発達してるから、万が一のことがあったって誰かが養育は――」

「確かにそういうイメージがあるけど、実際は親に捨てられて、養育者からも見放されて、学校にも行かずにストリートチルドレンになるティーンエイジャーだって多くいる。セーフティーネットは完全じゃないよ」

「そういえばアメリカ留学してる時、そういう若い子たち見たことある。昼間から地下鉄の駅にたむろして、小銭をねだってくるんだ。服はボロボロで、寒いのに裸足だったな」

　蘭丸が、ぽつりと言った。

　花音の頭に、ぼろぼろの服を着たユリカが、裸足で道端に立っている姿が思い浮かぶ。もしも何らかの理由でユリカがバレエを踊れなくなっていたら、ありえたことだったのかもしれない。

「わたし、ユリカのインタビューを読んだことあります。だけど充実したことばかり書かれていて、そういうことは一言も……」

「心の深い傷だから、公にはしてないらしい。だから俺から聞いたってことは内緒な。ただ、あいつの性格が変わってしまったのは、俺たちには想像もつかない苦労をしてきたからなんだって、理解してやってほしくて」

バレエが好き、バレエを踊りたいという純粋な動機からだけでなく、バレエを踊らなくては、上達しなくては、トップにならなくては生きていけないほどの切羽詰まった状況に、ずっとユリカはさらされてきたのだ。プリマになることは、まさに生死を分ける事だった。

ユリカのバレエに対する覚悟。ユリカは文字どおり死に物狂いで努力してきたに違いない。それに比べれば、自分も含め、団員の誰もがまだまだ甘いのだと思い知らされる。

蝶野監督が教えてくれた旧ソ連のバレエ・ダンサーの話を思い出す。ヌレエフやバリシニコフなど世界的なダンサーたちが、家族や友人たち、そしてふるさとを捨てて亡命した。そこまでの犠牲を払って踊ることを選んだ人たちがいること、彼らのバレエに対する覚悟は、自分たちとは比較にならないことを花音は知った。

ユリカもそうだったのだ。生きるために、ユリカは必死でバレエを踊ってきた。レッスン着の下には、きっと今でも消えない無数の傷がある。

生きるか死ぬか。

いや、踊るか死ぬか――

それがユリカにとってのバレエだったのだ。

バレエこそ、生き残る術だった。日本のバレリーナにとって、そこまで極限的な状況は滅多にないだろう。けれどもユリカにはあった。そしてそれが、きっとユリカのバレエを高みに押し上げたのだ。

花音は、さきほど見たユリカのアチチュード・バランスを思い出す。

まるで片足が床に深く突き刺さっているかのように、微動だにしない完璧なバランス。誰からも支えられることなく、自分一人で立っていた。

それはまるで、ユリカの人生そのものではないか。

ユリカは自分自身の力で、トップまでの道を切り開いてきた。その彼女のバレエ人生すべてが、世界中のどんなバレリーナにも真似できない、あのアチチュード・バランスに結実している気がする。

――ユリカ・アサヒナは正真正銘、世界で一番のプリマ・バレリーナだ。

花音は改めて、そう確信した。

「あとさ……それだけじゃないんだ」

言いにくそうに達弘が続ける。不幸なことがまだあるのか、と花音は驚いて達弘を見た。

「今回、バケーションで日本に来たってことになってるけど、実際は違うんだって。もちろんシルヴィアに会いに来たってのも本当なんだろうけど、メインの目的は……別れた父親を捜すためだったらしい」

「それで？ 見つかったんですか？」

肯定してほしくて答えを急かす花音に、達弘は力なく首を振る。

「それが、ユリカが渡米してすぐに病気で亡くなっていたそうだ。しかも孤独死で、家で亡くなっているのを発見されたのが半年後だったらしい。絶対に弱音を吐かないユリカが、号泣してキャシーに電話してきたって」

「そんな……」

あんなに強気で怖いものなしに見えたユリカだが、実際は父親がとうの昔に孤独死していた事実を知った直後だったのだ。父親との再会を期待して、はるばる海を越えてきたユリカ。そしてそれが粉々に砕け散った時の衝撃。想像すると、胸が張り裂けそうだ。

「ユリカの親父さんは穏やかで、良い人だった。俺も可愛がってもらった」

当時のことを思い出すかのように、達弘は遠い目をした。

「ユリカはパパっ子だったよ。ただでさえ離婚で別々に暮らすのは辛いのに、海を隔てるんだもんな。別れの日に泣きじゃくるユリカに向かって、親父さんは言ったんだって。いつか必ず、ユリカのことを捜して会いに行くからねって。

あいつの本名、今はユリカ・ターナーっていうらしい。離婚した後、母親が日本姓を嫌って捨てたそうだ。だけどバレリーナとしての活動は、ずっとユリカ・アサヒナとして行ってきた。つまり——」

「お父さんに見つけてもらうため、だったんですね」

蘭丸が静かに言うと、達弘が悲しげに頷いた。

「有名になれば、父親が必ず見つけてくれる——トップになれるまで頑張ってきたのは、そういう理由も大きかったんじゃないかな。だけど日本で名前と顔が売れ始めても、一向に親父さんから連絡はない。痺れを切らして思い切って日本に来てみれば、とっくに孤独死していたという悲しい現実だ。悔しい悔しいって、ずっと電話で泣きじゃくってたらしい」

そんな様子を微塵も感じさせなかった、ユリカの優雅で美しいバレエ。

なんと強い人なのか。

きっと絶望や悲しみ、後悔さえもバレエの原動力にし、踊ることで昇華してしまえる。父親の死を知ってからの方が、よりユリカのバレエは豊かになったのではと不謹慎なことを考えてしまうほどだ。

その域に達することができたのは、ユリカがすさまじいまでの執念でバレエに向き合ってきたからに他ならない。

ユリカは、梨乃の実家であるバレエ教室をあざ笑った。しかし、もしかしたらそれはバレエを「夢」として追いかける甘さを非難したかったのではないだろうか。きっと「踊るか死ぬか」などという崖っぷちに立って踊っていた生徒など、一人もいなかっただろう。

世界中からダンサーが集まってくるアメリカのバレエ団には、ユリカ以外にも苦境に立たされ、バレエしか生きる術のないダンサーは多くいたのかもしれない。そんな者たちがしのぎを削るなかで、ユリカは勝負をし、ずっと勝ち続けてきたのだ。

だからユリカの目には、日本のバレエ教室はぬるま湯にしか見えないのだろう。上手になりたい、コンクールに出たい、有名なバレエ団に入りたい――それぞれが切実な願いを胸に必死の努力をしても、そして願いが叶わず挫折する可能性はあっても、やはり所詮は夢の延長にすぎない。

そうではない、とユリカは言いたかったのだ。

バレエは甘いものではない。

憧れや夢の対象などではない。

命を懸けて踊るべきものなのだと。

これほどのバレリーナが、このバレエ団で自分たちと踊ってくれるチャンスなのだ。団員にとって、これ以上の刺激があるだろうか。貴重な学びがあるだろうか。ユリカに参加してもらうことは、必ず団員のプラスになる。

ユリカは確かに性格的にきつすぎるところがあり、団員とトラブルが起こることは避けられないだろう。けれどもユリカにのびのびと踊ってもらえるように、自分が間に入っていくらでも調整してみせる。

花音はやっと、自分の取るべき立場がはっきりとわかった気がした。

これまでは美咲や雅代に怒られても言い返せないくらい、明確なポリシーなど持っていなかった。最初は理事に抜擢(ばってき)されて浮かれていたものの、いざ動き出してみると板挟みになって疲弊するばかりで、理事とダンサーを兼任する意味などないと思い始めていた。

だけど今こそ、その意味がある。

花音にはダンサーの気持ちがわかる。理事としての権限もある。ユリカが周囲と衝突するならクッションになろう。ユリカが周りと摩擦を起こすなら、喜んで潤滑油になろう。

自分が必ず、団員をひとつにまとめる。そしてこの公演を、必ず大成功させてみせる。

花音は強く心に誓った。

十時前になると団員が集まり始めた。美咲と雅代もスタジオに入ってくる。団員たちと挨拶を交わす中、二人はあからさまに花音を無視し、鏡の前でウォームアップを始めた。

さっきまでの花音なら落ち込むところだが、今は何でも来いという気になっている。説得できる、いや、してみせる。

十時を過ぎて団員が揃い、それぞれウォームアップをしていたところに一斉にメールが届いた。

「ミーティングルームに集合だって」

「シルヴィアからだ」

団員の間に緊張が走る。きっと配役の発表だ。どきどきしながらミーティングルームに向かう花音の隣を、蘭丸は余裕の表情で歩いている。

「いいよなあ、もうデジレ王子に決まってる奴は」

達弘が言った。達弘の顔も、緊張気味にこわばっている。

「達弘さんでも、やっぱり配役の発表は緊張するんですか？　こんなに神経ずぶとくて、厚かましそうな顔してるのに」

「お前にはわからんのか、この俺のガラスのハートが」

「え？　でも防弾防爆ガラスなんでしょ」

「うるせー」

達弘が蘭丸の背中を軽くはたく。二人のやりとりに笑い、すっかり緊張がほどけた。部屋に入ると、すでにシルヴィアが待っていた。全員が席に着くのを見届け、口を開く。

「みんなのこれまでの作品の動画をたくさん見せてもらったわ。じっくり吟味したから、この配役には自信があるつもりよ」

シルヴィアが美しい微笑を浮かべた。逆に団員たちは緊張した面持ちになる。

「まず予定どおり、デジレ王子はランマルにやってもらうわ」

「はい！」

蘭丸が意気揚々と手を挙げ、拍手が起こる。

「そしてオーロラ姫はユリカに」

ユリカは当然だと言わんばかりに、ただ軽く頷いた。拍手はまばらだった。

「リラの精はミサキ、フロリナ姫はマサヨ。そして二人には、万が一のためにユリカの代役にもなってもらいたいの。いいかしら？」

きゃあ、と美咲と雅代が手を取り合い、それから誇らしげに「はい！」と手を挙げた。リラの精もフロリナ姫も大役ではあるが、二人にとってオーロラ姫は格別だ。代役なので本番の舞台に立てる可能性は少ないが、シルヴィアから稽古はつけてもらえる。今の状況では、二人にとって満足のいく配剤だろう。

「そして、カラボスはカノン」

おお、と周囲から驚きの声が漏れる。しかし一番驚いていたのは花音本人だ。オーロラ姫に呪いをかける悪の精にはミステリアスな迫力が必要なため、若手でなく貫禄(かんろく)のある中堅以上が選ばれることが多い。花音はおずおずと挙手した。

「どうしてわたしなんですか？」

「可憐な悪の精もいいんじゃないかと思ったのよ。あなたなら、カラボスの新たな魅力を引き出してくれるんじゃないかと期待してるの」

「ありがとうございます、光栄です」

花音は嬉しくなった。蘭丸が「すごいな、大抜擢だ」と囁く。

それから四人の王子、ブルーバード、赤ずきんと狼などの配役が読み上げられ、それぞれの団員たちは興奮気味に手を挙げていった。

「それからシンデレラとフォルチュネ王子の役は――」

シルヴィアの言葉に、みんなが思わず「え？」と声をあげる。

シンデレラとフォルチュネ王子は第三幕の婚礼の場面に出てくる。三時間にも及ぶ「眠れる森の美女」のオリジナル版には、祝いの席に長靴をはいた猫や赤ずきんなど、たくさんのおとぎ話の主人公たちが招待されていて、それぞれに見せ場がある。しかし一般的に普及しているのは二時間程度の縮小版であり、シンデレラとフォルチュネ王子の出番は割愛されていることが多いのだ。

みんなの驚きを感じたのか、シルヴィアが微笑み、説明を始める。

「ふふ、そうね。第三幕の登場人物といえば長靴をはいた猫や金の精、銀の精、サファイアの精、ダイアモンドの精が一般的よね。だけど今回の公演はキッズ・ファーストなんですって？　それなら逆に精霊をカットして、子供たちがよく知っている物語の登場人物を出した方がいいと思ったのよ」

なるほど、確かにそのとおりだ。メイン・ターゲットにしたい観客層によって、プログラムを即アレンジしてくれる。ダンサーとして素晴らしいだけでなく、演出家としての機転と柔軟性もあるということだ。

「というわけで、シンデレラをリノ、フォルチュネ王子をユウジにお願いしたいと思っているの」

梨乃が「やったあ！」と手を叩き、勇次がガッツポーズをする。勇次は達弘の同期だが大人しく影が薄い。だからなのか、これまでは名前のない役ばかりだった。けれども彼の踊りは派手さはないものの、実直で正確で、花音は好きだった。地味で目立たない彼の良さをすぐに見抜くとは、さすが「配役には自信がある」と言っていただけのことはある。

「梨乃ちゃん、良い役がつきましたね。達弘さんも嬉しいんじゃ――」

隣に座っている達弘に耳打ちした花音は、しかし、ハッと口をつぐんだ。達弘が沈んだ顔をしている。そうだ、主要キャストの配役発表は終わったのに、達弘は呼ばれていない――

蘭丸もそれに気がついたらしく、花音に「どうしよう」とでも言いたげに目配せをする。

「ところで、実はデジレ王子をもう一人起用しようと思っているの。つまり、ダブルキャストよ」

みんなは驚いて顔を見合わせる。ダブルキャストも何も、予算の都合上、会場は一日しか借りないということが理事会で決まっている。朝から舞台セットの搬入をして組み立て、ゲネプロ――セット、照明、衣装などすべてを本番どおりで行うリハーサル――を行い、本番を行い、夜にセットをバラして撤収する時間を考えると、一回しか公演はできないはずだ。

「ああ、もしかしてみんな、公演は一回だと思っているのね？」

「違うんですか？」

花音が聞くと、シルヴィアが首を振った。

「サダコとも話し合ったんだけど、キッズ・ファーストであるなら、どんなに長くても一時間が限度だろうという結論に至ったの。もちろんプロローグと全三幕でね」

二時間程度の縮小版を、さらに半分にするということか。

「そんなことってできるの？」

「ハイライトの踊りだけを集めたガラ公演ならわかるけど、プロローグ付きの全三幕を一時間でなんて無理だよ」

そんな声が、ひそひそと聞こえる。戸惑う団員たちを前に、シルヴィアが笑った。

「大丈夫よ。ディアギレフなんて四十五分まで縮めたんだから。『オーロラ姫の結婚』という独自の版で、わたしは画期的だと思っているわ」

セルゲイ・ディアギレフはロシアの芸術プロデューサー兼興行師で、バレエ・リュスという伝説的なバレエ団の創設者である。

「天才を見つける天才」と称され、ドビュッシーやプロコフィエフ、サティ、ラヴェルなどの作曲家に作品を依頼し、ピカソやミロなどに舞台美術を手掛けさせ、天才ダンサー、ニジンスキーや稀代の振付師、バランシンを見いだした。バレエを〝総合芸術〟として発展させようとするディアギレフの活動にココ・シャネルが惚(ほ)れ込み、多大な金銭的援助をしていたことでも有名である。

「もっとも、ディアギレフ版はタイトルが示すとおり第三幕の婚礼がメインとなっていて、第一幕や第二幕はほとんど使われていないの。今回はやっぱり子供たちにきちんとストーリーを追ってもらいたいから、わたしは各幕を半分にカットするつもり。そして一時間程度に圧縮した公演を二回行う、というわけ」

みんなが感心しかけた時、シルヴィアは可笑(おか)しそうに手を振った。

「言っておくけど、これはわたしのアイデアじゃないわ。ええと、名前は何だったかしら、とてもお金にシビアな、眼鏡の――」

「野崎さん！」

美咲が言うと、シルヴィアが面白そうに笑った。

「そうそう、ミスター・ノザキ！　彼が言ったのよ。昼の部と夕方の部をやれば収益がダブルになるからって」

あちこちから「あの人が言いそうなこと」「日本人が守銭奴だと思われたら恥ずかしい」と苦笑が漏れる。

会場の有効利用のために一日二回公演というのは普通だが、それは前日からその会場を押さえ、美術の搬入もゲネプロも終えられてこそだ。今回のように一日しか会場を押さえられず、大掛かりな舞台セットを組み、しかも全幕ものともなれば一回公演が限界だろう。けれどもキッズ・ファーストによる上演時間の圧縮必須というデメリットを逆手に取り、二回に増やしてしまおうという野崎さんは、やはりやり手だ。ましてや今回はチケットを高額にすることもできないから、なおのこと。

「あの人、面白い人ね。この公演の予算案だけじゃなくて、バレエ団の出納帳や貸借対照表まで見せてくるんだもの。厳しい財政状態がよくわかったから、格安で演出を引き受けることになっちゃったわ」

シルヴィアは愉快そうに笑った。

まさか天下のシルヴィア・ミハイロワの演出料を値切るとは！　バレエに携わる人間からすれば考えられないことで、野崎だからこその大胆な発想だろう。とはいえ入念なリサーチを怠らない野崎のことだ、いくら門外漢とてシルヴィアがどれほどの大物かを——野崎風に言えば金銭的価値があるかを——ちゃんと把握していたに違いない。それでも、野崎はビジネスとして真正面から交渉したのだ。そしてシルヴィアはそれを快く受け入れた。プロフェッショナルとしての野崎のやり方を認めたのかもしれない。

「そういうわけで、オーロラ姫や他のキャストは同じだけど、デジレ王子はダブルキャストにと思ったの。どうしても挑戦してもらいたい人がいて」

そのラッキーな男性ダンサーは誰？　とばかりに、団員たちがきょろきょろ辺りを見回す。

「それはね……あなたよ」

シルヴィアの視線が、まっすぐ誰かに向けられる。その先をたどっていくと……。

「え⁉　ま、ま、まさか俺⁉」

達弘が立ち上がった。

「あれ、いや、違うか。俺のはずないよな。うわー間違えた、恥ずかしい！　ソーリー」

慌てて座ろうとする達弘に、シルヴィアが言った。

「いいえ、間違ってないわ。タツヒロ、あなたよ」

達弘が、ぽかんとシルヴィアを見つめる。

「嘘……俺、王子なんてジュニアの時以来かも。しかも主役なんて」

達弘の声が震えている。

「聞いてもいいですか？　どうして俺がふさわしいと思ったんですか？」

「あなたは確かにこれまでワイルドな役ばかりを踊ってきたみたいだけど、その中にちゃんと気品もあったわ。何より、力強くて生き生きとして、鮮やかな踊りができる。

もう一人のキャストであるランマルと似たような王子じゃつまらない。ヴァリエーションを持たせるのにぴったりだわ」

「俺に気品？　まさか」

「あなた、自分の魅力に気がついてないのね。海外ではモテるタイプよ。ちなみに……わたしも好みだわ」

シルヴィアが妖艶なウィンクをする。顔を真っ赤にした達弘を、囃したり口笛を吹いたりしてみんながからかった。が、達弘の目から涙がこぼれ落ちたのを見て、一瞬で静まり返る。

「王子……この俺が主役……」

そのまま達弘は、ぽろぽろと涙をこぼし続けた。

「主役の王子を踊れる日なんて、絶対にこないと思ってた。顔も体もいかついし、全然ダンスール・ノーブルって柄じゃないのは自分が一番よくわかってる。そりゃあ俺だって、一度くらいは王子として舞台に立ってみたいと思ってたよ。お姫様と華麗にパ・ド・ドゥを踊ってさ。正直、自分の踊りには自信ある。だけどいくら上手くなったってノーブルな器じゃないから諦めてた。それがまさか――」

人目をはばからず涙を流す達弘に、もらい泣きなのか、あちらこちらから洟をすする音が聞こえた。

「よかったっすね。一緒に頑張りましょう。俺、負けませんよ」

蘭丸が立ち上がり、達弘の肩を叩く。

蘭丸の目も潤んでいた。温かな拍手が、二人を包んだ。


「さあ、バーレッスンから始めるわよ」

いよいよシルヴィアによるレッスンが始まる。

ユリカは当然のようにバーの先頭についた。そのすぐ後ろに美咲と雅代が、にこにこして立っている。

「代役になれたから満足なんですね。花音さんに昨日あれだけ文句を言ってたのに」

梨乃が可愛らしく口をとがらせる。花音が詰め寄られるのを見たので、気にしてくれていたのだろう。優しい子だ。

「いいのよ。公演に向けてまとまってくれれば、喜んでいくらでもサンドバッグになるわ」

梨乃が花音をまじまじ見つめる。

「なんだか花音さん、一皮むけた感じ」

ふふ、と微笑み合ったとき、ピアニストがゆったりとした曲を奏で始めた。シルヴィアに見てもらえるからなのか、全員いつもより緊張しているようだ。

「最初はプリエから……アンシェヌマン……ポール・ド・ブラ……」

シルヴィアが指示しながら、団員たちの頭や背中に手を添え、位置を直していく。ほんのわずかな角度で、格段に見栄えが変わる。各ダンサーの癖や弱点を瞬時に見抜き、的確な指導をするシルヴィアはさすがだ。

「カノン、もうちょっとお臍に力を入れて……いいわ。ランマル、肩は柔らかくね。タツヒロ、足に気を取られすぎて上体に意識が行ってないわ」

シルヴィアの言葉はどれもが宝だ。他の団員が受けている注意も聞き逃すまいと、みんな必死で耳を傾けている。

何年キャリアがあっても、毎日必ず何か気づきがあり、成長の余地がある。バレエは基礎が全てだが、一つ一つを完璧にこなすことは至難の業だ。日々欠かさずレッスンをしていても、必ず何らかの注意を受ける。

しかし、やはりユリカは完璧だった。一つ一つの動きが、ため息が出るほど美しくて流麗なのだ。

バーレッスンが終わると、いよいよ振り付けの確認に入る。オーロラ姫であるユリカ、代役の美咲と雅代、そしてデジレ王子の蘭丸と達弘はシルヴィアが今日から指導をするが、それ以外の役柄は自主練習で、後日に指導ということになっている。指導補助をしてくれるバレエ・ミストレスであった池田先生も「ジゼル」のあと去ってしまったので、自分たちが頼りなのだ。

「いいなあ、わたしもシルヴィアの指導でオーロラ姫を踊ってみたいなあ」

嬉々(きき)としてAスタジオへと消えていく美咲と雅代の背中を見送りながら、梨乃が夢見るような口調で言った。やはり女性ダンサーにとっては、それが本音だろう。

「だけど頑張っていれば、いつかわたしも踊らせてもらえますよね。よーし、練習練習！」

梨乃が気持ちを切り替えるように、自分の練習を始めた。不平不満は梨乃にもあるかもしれない。けれどもそれを前向きに原動力としようとするところが、いじらしかった。

各パートに分かれ、それぞれで振り付けの確認をしていく。前身のバレエ団で踊ったことのある演目なので、振り付けはほぼ完璧に頭に入っているのだ。

集中して踊っているうちに、初日のレッスンはあっという間に終わった。

『正式にユリカ・アサヒナを客演として迎え、オーロラ姫を演じていただくことになりました。

シルヴィア・ミハイロワによる指導も始まりました。

このお二人がそばにいることが信じられず、踊りながらも時々夢じゃないかと思ってしまいます。

とても充実した一日でした。

これからもご期待ください！』

4

翌日のスタジオは、レッスン開始前から込み合っていた。念入りにバーレッスンする者、同じステップを繰り返し練習する者、互いにアドバイスし合う者――ひとりひとりの表情がよりひたむきになり、まるで本番さながらの研ぎ澄まされた空気が漂っている。

「すごいわね、みんな」

熱気に圧倒されながら、花音が言った。

「ああ、俺たちも負けてられないな――あっ」

蘭丸が目を見開く。視線を追い、花音も息を呑んだ。なんとユリカが三人もいて、同時にスタジオに入ってくるところだった。

いや――本物のユリカは中央だ。数歩後ろをついてくる自分に似た二人を、気味悪そうにちらちら見ている。

それは美咲と雅代だった。ユリカと同じ金髪。明るい色のカラーコンタクトレンズ。眉の色も脱色し、形も同じに整えてある。背格好も似ており、遠目には本当にユリカが三人いるように見えた。

「おはよう」

驚く団員を尻目に、二人は壁際にレッスンバッグと水筒を置き、ストレッチを始める。ユリカはあえて二人から離れたところでストレッチを始め、それがあちこちにユリカが存在するような、奇妙な光景を作ることになっていた。

レッスン開始時間になり、シルヴィアがやってきた。さすがに一瞬目を見開いたが、すぐに美咲と雅代の意図を察したのだろう。何も言わずにバーレッスンに入った。

ユリカがバーの位置につくと、その背後ぴったりに美咲と雅代がついた。音楽が始まる。ユリカが右手を上げると、二人とも寸分違(たが)わぬ動作をする。まるでユリカのコピーがいるようだった。

いや——

コピーというよりは、まるで自分たちがユリカを乗っ取ろうとするような、成り代わろうとするような凄(すご)みさえ感じる。

美咲と雅代は、たった一晩でユリカの所作、そしてテクニックをマスターしてきた。その努力に感服するより、執念のような恐ろしさを覚える。

団員たちが見守る中、まるで一体化しようとする儀式のように、ふたりはユリカと同じ動きをし続けた。

奇妙な雰囲気の中で始まったレッスンだったが、グループ別の指導に移るころには、みんなもこの状況に慣れ、受け入れるようになっていた。それぞれが個々の課題に集中しているうちに、充実した時間が過ぎていく。

午後四時ごろ、そろそろ今日のレッスンの総仕上げという時に、シルヴィアが突如手を叩いた。

「さあ、今日はこれでレッスンはおしまいよ」

汗だくで踊っていたダンサーたちが、戸惑い気味に動きを止める。

「もう？　だけどまだ四時ですよ」

肩で息をしながら、蘭丸が壁時計を示した。

「ええ、おしまい。今日はこの後、みんなを連れて行きたい場所があるの」

シルヴィアは意味深に微笑んだ。

「バンケットへようこそ！」

黒いシックなドレス姿のシルヴィアがシャンパングラスを掲げると、会場にいる全員がそれにならった。

あちらこちらで、クリスタルガラスが触れ合う澄んだ音が響く。まるでメロディのような美しい音色が鳴り止むと、入れ替わるようにして上質なスピーカーからワルツが聞こえ始めた。「眠れる森の美女」からの、チャイコフスキーのワルツ。

「なんだか、夢みたいねえ」

豪華なバンケットルームを見回しながら、花音はうっとりとため息をついた。

「本当の舞踏会みたいです」

梨乃がピンク色のシフォンドレスの裾を持ち上げる。

「舞台以外で、こんな格好したの初めてだよ」

黒いタキシード姿に髪を撫でつけた達弘が言うと、

「俺もです。照れくさいですね」

と、やはりタキシードに身を包んだ蘭丸が答えた。

男性ダンサーは全員タキシード、そして女性ダンサーは華やかなイブニングドレスでドレスアップしている。

あれから全員シャワー室へ急き立てられて汗を流し、豪華なドレスやタキシード、アクセサリーを手渡され、黒塗りのリムジンに分乗して一流ホテルへとエスコートされた。「まるでバレエの舞台に迷い込んでしまったみたい」と女性陣からため息が漏れるほど、ゴージャスな扱いだった。

今夜、ここで「眠れる森の美女」公演のキャストお披露目が行われるとのことだった。広いバンケットルームでは、やはり着飾った男女がカクテルやフィンガーフードを片手に談笑している。

「お金、かかってそうだよね」

花音は蘭丸に言った。理事として運営に関わっている身としては、つい現実に戻ってしまう。

「確かに。大丈夫なのかな」

内輪の会話のつもりだったが、たまたまシルヴィアが通りがかり、渡辺が訳してしまった。シルヴィアがにっこり笑い、英語で言う。

「心配ないわ。フリーなのよ」

「フリー？　無料ってこと？」

達弘が目を丸くする。

「ええ。ここは大信銀行の系列ホテルらしいの。会場もお料理も、社員価格で提供していただけたのよ」

「社員価格ってことは、無料じゃないですよ」

達弘が心配そうに言う。

「話は最後まで聞きなさい」

シルヴィアが達弘の唇に人差し指を当てる。達弘のことをタイプだと言っていたのは、ただのリップサービスではなかったのかもしれない。

「色々な企業が協賛してくださってるの。ほら」

シルヴィアが示した方角を見る。ステージ上に、通信会社や自動車会社など、有名企業のロゴの入ったパネルが背景として置かれている。

「まさかあれ全部、スポンサーってことですか？」

「大企業ばっかりだわ」

蘭丸と梨乃が感嘆の声を上げる。

「だけど、どうやって？」

「ミスター・ノザキが見つけてきてくれたのよ」

シルヴィアが微笑んだ。

「野崎さんが……？」

花音は目を見開く。

「ええ、さすがよね。一般的には海外の方が日本よりも芸術に理解のある企業が多いと言われているけれど、さすがにここまでのスポンサーシップを引っ張ってこられる人はいないわ。見事としか言いようがない」

「あ」思い出したように達弘が言った。「もしかしてさっきのリムジンも……」

「ええそうよ。スポンサーであるシロタ自動車が提供してくれたの」

「ということは、このドレスやタキシードも？」

「ええ、ドレスはルミナスファッション、アクセサリーはジュエリー小山からよ。どちらの社長もユリカの大ファンだったらしくて、リリースを見てすぐに協賛を申し出てくれたの」

　これがプレスリリースを早めた効果なのだ——花音はあらためて会場を見渡した。野崎の手腕を認めざるを得ない。あの夜の数行のリリースが、これだけの人と資金を動かした。昨日今日と姿を見なかったが、きっとこの為に駆けずり回ってくれていたのだろう。

「このバンケットには、たくさんの企業の方を大勢お招きしてるの。バレエ団とダンサーのことを知ってもらえば、さらに多くのスポンサーがついてくれる可能性があると、ノザキが言っていたわ」

　確かに、ダンサーたちが一般企業の人とおしゃべりしたりする機会は少ない。知り合いは同業者が多く、他の業界と触れる機会がないのだ。だから確かに今日は、ダンサーたちにとっては貴重な機会だろう。

　このようなバンケットの開催は、バレエの門外漢である野崎だからこその発想かもしれない。そもそも、これだけの多種にわたる大企業を一堂に集めることができたのは、銀行マンとしての人脈があってこそだ。

「俺、あの人のこと、鬼みたいに思ってた」

蘭丸がぽつりと言った。

「わたしも。利益第一主義でいやだなって。特にバレエ業界の人じゃないから、何がわかるのって」

申し訳なさそうに梨乃も同意する。

「でも、こうして結果出してくれたんだよな」

達弘が感慨深げに会場を見回したところに、野崎がマイクに向かって声を張り上げた。

「みなさま、ご歓談中ではございますが、そろそろ配役の発表に移らせていただきたいと思います！」

拍手が響く中、ダンサーたちがステージに勢ぞろいする。公演以外で、こんなに着飾って人前に立つのは初めてだ。ダンサーたちの目はキラキラし、頬は紅潮している。

野崎からマイクを受け取り、シルヴィアが英語で話し始める。

「日本のバレエ・ダンサーは、世界的にみても非常に技術レベルが高く、優秀です。今回、わたくしが初めて演出をするにあたり、スペリオール・バレエ団のようなベスト・チームと組めることは最高の栄誉です。それではまず、赤ずきんから……」

赤ずきん、狼、ブルーバードなどが次々と紹介されていく。

「そしてリラの精のミサキ・フジワラ、フロリナ姫のマサヨ・イノウエ、カラボスのカノン・キサラギ」

スポットライトの下、花音は美咲と雅代と並んでレヴェランスした。

「デジレ王子はダブルキャスト——ランマル・タチカケ、そしてタツヒロ・イシモリです」

蘭丸に続いて、達弘が王子然としたレヴェランスをした。初めてのダンスール・ノーブルとは思えないほど堂々とし、きらきらしていた。大きな拍手が起こる。

「そしてオーロラ姫に、ユリカ・アサヒナ！」

さらに大きな拍手が鳴る。しかしスポットライトは、うろうろとステージ上をさまようだけだった。

——ユリカがいない。

ステージを見回し、花音は蒼白になった。ユリカとは同じリムジンで来たので、確実に会場には来ているはず。あの気まぐれなお姫様は、いったいどこに行ってしまったのだろう。

会場がざわつき始めたとき、会場後方の扉が開いた。

「ユリカ……」

夜明けを思わせる薄いブルーのイブニングドレスを身にまとったユリカが、颯爽と入場してきた。その輝くような美しさは、会場にいる全員を一瞬で魅了した。

見惚れていた花音だったが、ユリカの背後をシルクハットにタキシード姿の男性が歩いていることに気がつく。顔が隠れていて、誰だかわからない。隣に立つ蘭丸と達弘を見るが、二人とも戸惑ったように首を横に振った。

ユリカがステージにあがると、驚いたことに、シルクハットの男性も一緒についてきた。

シルヴィアが、「いったい、どういうこと?」と小声でユリカに問う。ユリカはシルヴィアに向かって微笑むと、会場の方を向いた。

「オーロラ姫には、最高の王子様が必要です」

ユリカが、マイクを通さずに声を張り上げる。可愛らしい声が会場に響いた。

「ベストパートナーであるデジレ王子――坂崎怜司さんをご紹介します」

怜司がシルクハットを脱ぎ、派手なレヴェランスをした。

坂崎怜司はバレエ界の異端児と呼ばれ、どのバレエ団にも所属せず、フリーで活躍するダンスール・ノーブルだ。野性的な美形でテクニックも確かなので、日本からだけでなく海外からの招聘も多く、高い人気を誇る。しかし――

「どういうこと？　デジレ王子は、ランマルとタツヒロに決まっているのよ」

シルヴィアがマイクを通さずに言った。

「達弘を降板させればいいじゃない。怜司のデジレ王子は最高だわ。わたし、怜司と踊りたいの」

「わたしが演出する舞台よ。勝手なことは許さないわ」

「確かにあなたの舞台よ。だけど成功するには、ユリカ・アサヒナは欠かせないんじゃない？」

たいそうな自信家だ。だがユリカなら許される発言である。

「さっき怜司と踊ってみたら、驚くほど踊りやすかったの。怜司と踊れないなら、わたしは降りるわ。ベストなパフォーマンスができないと思うから」

二人のやりとりを、会場を埋めるゲストたちがはらはらしながら見守っている。英語での会話だが理解できる人も多いだろうし、たとえ理解できなくても、トラブルが起こっていることは容易に想像できる。

花音は達弘を見た。ステージの上でライトを浴びながら、真っ青な顔をしている。拳が震えているのを、花音は見逃さなかった。本当ならこのステージは、達弘の華々しいダンスール・ノーブルとしてのデビューをお披露目するためのものだった。それが今や、大勢の目の前でプリマに拒絶され、恥をさらすためのものになってしまっている。もしも自分がその立場だったなら、とても耐えられないだろう。

「──そう、わかったわ」

シルヴィアが言った。

「そういうことなら、ユリカ・アサヒナの降板発表を今ここですることにしましょう。あなたは確かにトップのプリマだけど、追随するダンサーが何人もいることを忘れずに。それに……わたしなら、ここにいるダンサーのひとりをオーロラ姫役に抜擢して、あなたを超えるプリマに育てることができるわ」

さすがに今度はユリカの顔色が変わる番だった。目を見開き、唇をわななかせている。緊迫したやりとりではあるものの、花音は心の中で、シルヴィアの演出家としての毅然とした態度に喝采を送っていた。さすがはシルヴィア・ミハイロワだ。

しかし感心してばかりもいられない。この場をどうやって乗り切ればいいのだろう？　内輪の修羅場を、こんな大勢の人々、しかもスポンサーやスポンサー候補の前にさらしてしまうとは。これでは支援は絶望的だ……。

「……なーんてね！」

張り詰めた空気を、男性の声が破った。

達弘だった。満面の笑みで、一歩前に進み出ている。

「みなさま、今の寸劇をお楽しみいただけましたでしょうか？」

花音はぎょっとして渡辺と目を合わせる。いったい達弘は何を言い出すのか。日本語がわからず戸惑っているシルヴィアからマイクを引き取った。

「驚いたでしょう？　ちょっとした余興として、何度も打ち合わせして、練習してきました。なかなかリアルで迫力があったと思いません？　だってみなさん、バレエっていうと、こういうの期待しちゃうでしょ？　ドロドロで、トウ・シューズに画びょう、みたいな。特に今日は、バレエとはあまり縁のない企業の方々がお集まりになると伺っていたので、なんとか良い摑みができないかなあって、メンバーで相談したんですよ。みなさん、僕たちにはわかってますよ？　今ハラハラしながら、実はワクワクしてた人、いらっしゃいません？『こういうのが見たかった！』なんて思いながら」

ドッと笑いが起き、何人もが手を挙げた。

「ほーらね、やっぱり！　ではあらためまして、こちらがオーロラ姫を演ずるユリカ・アサヒナ、そしてデジレ王子として客演してくれる坂崎怜司くんです。怜司くんと踊れる機会はなかなかないので、僕らもワクワクしているんですよ。二人に盛大な拍手をお願いします！」

会場が割れんばかりの拍手に包まれた。

「というわけで、スポンサーシップをご検討中のみなさま、今後ご支援いただければ、またこういう面白いものが見られるかもしれませんよ。ぜひとも前向きによろしくお願い申し上げます。そして現在スポンサーになっていただいているみなさまにおかれましては心より感謝するとともに、さらに増額していただけたら嬉しいです！」

またドッと会場が沸いた。

「それでは引き続き、ご歓談をお楽しみくださいませ。一同、礼！」

茫然として達弘を見ていた団員たちだったが、そこはプロだ。号令がかかると、極上の笑みを浮かべて、男女それぞれ優雅なレヴェランスをした。ひときわ大きな拍手が鳴り響く中、野崎の誘導によって、ステージから全員がおりる。再びチャイコフスキーが軽快に流れ、人々が会話に戻るのを背後に聞きながら、みんなで控室に戻った。

「タツヒロ……あの場を救ってくれてありがとう」

シルヴィアが真っ先に言った。

「僕からもお礼を言いたいですね。苦労して集めてきたスポンサー候補の目前で、あんな醜態をさらして、一体どうなることかと思いました。石森さんの機転で、助かりましたよ」

さすがの野崎も冷や汗をかいたのか、しきりにハンカチで額を拭いている。

「やめてくださいよ。とっさに思いついただけですから」

達弘は思い切り照れている。

「石森さん、すみません！」

　怜司が頭を下げた。

「僕、デジレ役が二名とも決定していること知らなかったんです。ユリカからダブルキャストだって聞いたんで、僕の方から踊りたいって言って――」

「あはは、いいっていいって」

「タツヒロが良くても、わたしがよくないわ」

　シルヴィアがきっぱりと言った。

「配役については、あとでステージでもう一度、わたしから説明します。デジレ王子はあくまでもランマルとタツヒロのダブルキャスト。レイジについては検討中ということにするわ。ユリカ、あなたは本当に降板ということでいいのね？」

「それは……」

　か細い声で反論しようとしたユリカを、達弘が遮った。

「シルヴィア、俺がステージで言ったことは本気ですよ。デジレ王子は怜司くんで……いや、怜司くんがいいと思います」

「タツヒロ……」

「俺なんかを抜擢してくれて、嬉しかったです。だけど俺はやっぱりユリカにオーロラ姫を踊ってほしいです。そのユリカが、怜司くんと踊ればベストパフォーマンスになるっていうんなら、絶対にそっちの方がいい。幼馴染だからわかるけど、ユリカは単純に良いバレエを踊りたいだけなんです。周りが見えなくなっちゃうんです。蘭丸とのペアもいいに決まってるけど、怜司くんとのペアも正直、俺だって見てみたいです。お願いです、そうしてやってもらえませんか？」

達弘が頭を下げるのを、みんな息をつめて見守っていた。

「……わかったわ、タツヒロ。顔を上げて」

達弘が顔を上げると、シルヴィアがため息をついた。

「タツヒロがそう言うなら、そうしましょう。だけどわたしはあなたに王子を踊らせることをあきらめていないの。あなたの新しい引き出しを開けたいのよ。そうね……フォルチュネ王子はどう？　ユウジとのダブルキャストになるけれど」

「フォルチュネ王子って、シンデレラの相手役ですよね？　おお、やったあ！」

達弘がガッツポーズをする。

「わあ、達兄ぃとペアなんて初めて！　嬉しい」

梨乃がはしゃいだ。

「石森さん、本当に申し訳ありません」

ふたたび怜司が謝る。

「いいんだって。それより達弘って呼んでくれよ。うちで踊るからには、もうファミリーだ。よろしくな」

達弘が右手を差し出す。怜司が嬉しそうに握り返した。

「タツヒロのおかげでオーロラ姫を続投できて、見苦しいところを見せなくて済んだことを、心に留めておくことね」

シルヴィアはユリカに釘を刺すと、「さあ、みんなフロアに出ましょう」と言った。

「色々な方とお話しして、バレエのこと、このバレエ団のこと、そしてダンサーのことを知ってもらうのも仕事のうちよ」

配役のトラブルが落ち着いたことに安心し、みんなは笑顔で控室からフロアへと出て行った。

「達弘さん、すばらしかったです」

歩きながら花音が声をかけると、蘭丸も、

「器のデカい人っすね。感動しました」

と肩を叩いた。

「うん、達兄ぃ、かっこよかったよ」

梨乃も誇らしげだ。

「やだなあ、テレるじゃん。そんなに褒めないでよ。あ、先に行ってて。トイレ寄ってく。飲みすぎたのかなあ、膀胱がぱんぱん」

「もおー、達兄ぃ！　褒めたの取り消し！」

笑いながら達弘と別れ、花音たちはフロアに戻った。ゲストたちとおしゃべりを始める。もっぱらの話題は、先ほどの〝余興〟についてだった。

「久しぶりに大笑いしちゃったわぁ」

きらびやかなジュエリーをつけた年配の女性が、明るく笑った。胸につけられたネームタグには、大手化粧品会社のＣＥＯとある。

「バレエ団って、もっとお堅いのかと思ってたけど、こういうお茶目なこともするのね」

「ええ、時々は悪ふざけを」

花音が答える。あまり初対面の人と話すのが得意な方ではないが、会話がスムーズに運ぶのは達弘のお陰だ。

「遊び心って、ビジネスでもプライベートでも大事なのよ。バレエ団って楽しいところなのね。ぜひ支援させていただきたいわ」

「ありがとうございます！」

「さっきの企画を考えたのは、あの男の人なの？」

「そうです、石森達弘です」

「ユニークな方ねえ。ぜひ挨拶をしたいわ」

「連れてまいります。少々お待ちくださいね！」

花音は会場を回って達弘を捜した。聞こえてくるのは、やはり先ほどの余興の事ばかりだ。それが会話のきっかけとなり、具体的な支援への足掛かりとなっている。

すごいな、達弘さん。

公衆の面前で、念願の大役を取り上げられ、恥をかかされた達弘。それを笑って余興にしてしまい、会場を盛り上げ、ユリカを守り、シルヴィアの顔も立て、野崎の体面も守った。

いつも冗談ばかり言ってみんなを笑わせているような人だけど、本当は頭の回転が速い人なのだろう。真面目な実力派で、ムードメーカー。入団したころからずっと、花音は達弘を尊敬していたが、今回のことでますます信頼を深めた。

会場を一周したが、達弘は見つからない。もしやまだお手洗いなのだろうか？　出てきたところを、誰かに引き留められているのかもしれない。

花音は廊下へ出て、突き当たりにある手洗いへ向かった。ふと脇を見ると、テラスへと出るガラスドアがあり、達弘の姿が見えた。なんだ、こんなところで休憩してたのか。今日の立役者にはぜひフロアに出てもらわなくては。

「達弘さ――」

ドアを開けかけた手を、しかし、花音は止めた。慌ててガラスドアの枠に隠れ、そっと窺う。

達弘は泣いていた。

肩を震わせ、壁を拳で叩きながら。

見てはいけないものを見てしまったような気がした。

悔しくなかったはずがない。傷つかなかったはずがない。けれども表向きは感情を押し殺して、陰でこんな風に苦しんでいるのだ。

声をかけようかどうしようか迷った末、花音はそっとその場を離れた。役を取られる悔しさは、ダンサーなら誰だって経験する。けれども今日の達弘のように、憧れのシルヴィアから念願の王子役を与えられ、その直後に理不尽に、しかも晴れの舞台で奪われるような屈辱は耐え難いだろう。

どんな慰めの言葉も、花音は持っていない。会場に戻る間ずっと、達弘の震える肩が頭にちらついて離れなかった。


会場に戻ると、化粧品会社のＣＥＯが待ち構えていた。

「石森さんを呼んできてくれた？」

「あの、おそらくメイク直しを――」

とっさに取り繕った時、「お呼びですか？」と朗らかな声が聞こえた。達弘がにこにこして立っている。

「いえね、あなたがあまりに楽しい人だから、お話ししてみたくなって」

「それはそれは光栄です」

さっき泣いていたなんて、みじんも感じさせない。

なんて懐の広い人なんだろう――

人間としても、ダンサーとしても素晴らしい。

こんな人と同じバレエ団で一緒に踊れるなんて、誇らしいと花音は思った。

5

バンケットの興奮さめやらないまま、花音は翌日のレッスンへ向かった。まだ足元がふわふわしている気がする。早く踊りたくて今日も早めに来たが、考えることは同じだったと見えて、門の手前で蘭丸と達弘、そして梨乃に会った。

「やっぱりね」「この気持ちのまま踊りたいもんね」

互いに言いながら、連れ立って門扉をくぐる。その時、足元に落ちている赤い花びらが目に入った。

ハッとする。慌てて見まわすが、他には落ちていない。が、この間花びらを混ぜ込んだ土の山の隣に、もうひとつ小さな山ができている。

もしかして——

正面玄関を開けると、渡辺が驚いた顔で振り返った。青ざめた表情。やっぱり、と花音は思った。

渡辺の手元から一枚の紙がはらりと舞い落ちる。

「ん？　ナベさん、なんか落としたよ」

達弘がしゃがむ。

「あ、それは——」

渡辺が止める間もなく、達弘が手に取り——小さく息を呑んだ。

「なんだよ、これ」

オーロラ姫は、二度と目覚めない。

——カラボス

濡れたような、ぎらぎらした血のような文字だった。

「なにこれ……気持ち悪い」

梨乃が口元を押さえる。

「あなたたちには見られちゃったわね。お願い、他の人には黙ってて。せっかくまとまりかけてるのに」

「そりゃ言わないですけど……それにしてもこれ……」

蘭丸が顔をしかめる。

「気にしない気にしない。ただのやっかみだから」

「でも……」

「有名税よ。昨日のバンケットがうまくいったから、また嫉妬したんじゃない？」

「〝また〟？　前にもあったんですか？」

しまった、という表情で渡辺が花音を見る。

「え、なに？　花音も知ってたわけ」

「ごめんなさい。心配かけたくなくて」

「そうだったのか……」

達弘が腕組みをする。

「どうかしましたか？」

事務室から、野崎が顔を出した。

「やだ野崎さん、もう来てたの？」

「バンケットが終わってから徹夜ですよ。スポンサーが順調に集まっていますので、あらたに予算を組み直していました」

野崎は眼鏡を外し、目頭を揉んだ。

「あの……色々とありがとうございます」

蘭丸が言うと、野崎は眼鏡をかけ直し、首を傾げた。

「バンケットのこと、感謝してもしきれません。俺たちでは絶対にできなかったことです」

「ああ。それが僕の仕事ですからお気遣いなく」

「……野崎さんには正直、反感を持ってました」

遠慮がちに梨乃が言った。

「でしょうね。みなさんの目つきは怖いですから」

露ほども気にしていない淡々とした口調だ。

「僕からすれば、どうして金の話をするとみなさんが不快に思うのか不思議ですけどね。大切なことなのに」

「あまりにもこれまでのやり方と違うので、戸惑っていたんです」

達弘が言うと、野崎は片頬をあげた。

「僕は同じ船に乗ってるつもりなんですけどね。公演を成功させるという目的地を目指す航海です。あなた方が沈めば、僕も沈む。だから必死に舵(かじ)を取っている。なのにあなた方はオールをこがず、好き勝手に甲板で踊っているだけだ」

「今はちゃんと理解しています。これまで冷血漢とか人でなしとか血も涙もないとか思っていてすみませんでした」

「ひどいなぁ、石森さんにそこまで思われてたんですか」

野崎が軽くのけぞるふりをする。ロビーに笑いが響いた。

半開きのドアから、事務室の中が見える。デスクの上の、おびただしい書類の山。束になった計算書。積まれたバレエ関連の書籍——どれほどのハードワークがここで繰り広げられていたかを物語っている。

確かに財務面の実権を握っているのは彼だ。しかし団員ですら「渡辺さん」や「ナベさん」と呼ぶのに、彼は「渡辺総裁」という呼び方を絶対に崩さない。野崎は野崎なりに、筋を通している。

野崎はダンサーではないし、バレエへの理解もない。それでも彼は今、確かにこのファミリーの一員なのだと花音は嬉しく、そして頼もしく思った。

「で？　やっかみとか有名税とか、なんですか？」

「ああ……なんか変な手紙が来てたの」

野崎は渡辺の手から便箋を取ると、ためつすがめつした。

「なるほどね。渡辺総裁、念のため、警察に持って行きましょう」

「でも……」

「殺す、など直接的ではなく抽象的なので、脅迫状扱いにはしてもらえないでしょう。だけど行くのは無料ですよ。こういう時のために、我々市民は税金を払ってるんですから。僕が付き添います。さあ」

渡辺は少し考えると、頷いた。

「そうね、持って行ったという事実が大切かもね。じゃあちょっと行ってくるわ。絶対に、絶対に、みんなには内緒だからね」

渡辺は念を押し、野崎と共に門から出て行った。それを見届けてから、花音たちはスタジオに入る。

「ムカつくよなあ、こういう陰湿なことをする奴」

達弘はずっと憤慨している。

「ああいう手紙を用意している姿を想像すると、ゾッとします」

梨乃が自分を両腕で抱きしめる。

「ただ、脅迫状をよこす奴なんて、それ以上何もできないと思う。というより、何もできないからこそ、脅迫状をよこすんだ。だから心配しなくていいんじゃないかな」

達弘の言葉にみんなが頷いた時、廊下に人影が見えた。脅迫状のことを聞かれてはいけない。花音たちは話をやめた。

しかし誰もスタジオに入ってこない。花音は気になってドアを開けて廊下をのぞく。

「……あれ、坂崎さん？」

そこには、床に這いつくばっている坂崎怜司がいた。

「おはようございます。如月花音さんですよね」

怜司が立ち上がり、礼儀正しく挨拶をする。手には雑巾を持っていた。

「何してるんですか？」

「ああ、掃除ですよ」

怜司がにこにこと答える。ほどよくやけた肌に、白い歯が爽やかだ。

「どうしたの？」

残りの三人も廊下にやってきて、雑巾を持った怜司の姿に驚いている。

「あらためまして、坂崎怜司です。今日からお世話になります」

ピシッと頭を下げた。

「清掃の人が入ってくれてるから掃除なんて大丈夫よ」

「いや、逆に落ち着かなくて」

怜司は頭を掻く。

「僕、特定のバレエ団に所属してないじゃないですか。公演のたびに、色々なバレエ団にお邪魔するんですよ。だから毎回初日には、そのバレエ団の方々とスタジオその

ものに感謝の心を込めて、掃除をするんです。お邪魔します、よろしくお願いします
って。そうすると気持ちよく踊れる気がするんですよね」

花音たちは思わず顔を見合わせる。なんという好青年だろう。

「驚いた。そんな人、初めて」

「中身までイケメン過ぎない？」

花音と蘭丸が言うと、顔の前で両手を振る。

「自己満足でやってるだけですから」

「わたしたちも手伝います。みんなでやりましょうよ」

梨乃が朗らかに言い、廊下にある用具入れから雑巾を取った。

「いやいや、いいですって」

「みんなでやったら早いし、俺たちも手伝えたら嬉しいよ」

達弘は早速雑巾を濡らしに行っている。

「ありがとうございます。僕の方こそ初めてです、一緒にやろうって言ってもらえたの」

早速みんなで手分けして、掃除を始めた。怜司とは変な出会い方をしてしまったけれど、彼本人は悪い人ではないし、ダンサーとしては優秀だ。

「怜司くんは、どうしてどこにも所属しないの？」

　達弘が、スタジオの鏡を拭きながら訊いた。

「僕、いつか自分のカンパニーを立ち上げたいんですよ。そのために、できるだけたくさんのバレエ団を見ておきたくて」

「自分のカンパニーを！　デカい夢だねえ。でも、フリーでやっていけるのはすごいことだよ。実力がなければお呼びがかからないわけだし」

「わたしと達兄ぃはユリカと幼馴染なんですけど、怜司さんもユリカと知り合いだったんですよね？」

「いいえ、昨日初めて会いました」

「そうなの!?　じゃあ一体どうやってパートナーに？」

「直接会いに行ったんです。昨日、バンケットをやるって、公式ホームページのお知らせに出ていたから。それでタキシードをレンタルして会場へ行って、ユリカを見つけてテラスに連れ出して、僕の踊りを見てくださいってお願いしました」

「へえー、すごい行動力だなあ」

　達弘は素直に感心しているようだ。

「踊ってみせたら気に入ってくれて、そのまま一緒にパ・ド・ドゥを合わせて……パートナーを組もうって言ってもらって――」

　怜司の口調が、だんだん申し訳なさそうになってきた。

「石森さん、あの、昨日は本当にご迷惑を――」

「いやいや、本当にいいって。言っただろ、もうファミリーだって。あと、達弘って呼んでよ。俺たちも君のこと、名前で呼ぶから」

「ありがとうございます」

打ち解けるころには、スタジオも廊下もピカピカになっていた。

「良い仲間が増えたな」

達弘が、心から嬉しそうに言った。

6

怜司が参加して二週間が過ぎた。

怜司の存在に刺激を受けたのか、男性ダンサーたちは俄然やる気を出し、目に見えてバーレッスンやパート別レッスンのレベルが上がった。

「いいねえ、士気があがってる。さすがだな。俺も負けてられない」

達弘はにこにこと満足げに、自分のフォルチュネ王子の練習に精を出している。

おおむね順調に進んでいるものの、ユリカの遅刻と早退は目に余るものがあった。

いくらシルヴィアが叱っても平気で遅れてくるし、いつの間にか勝手に帰ってしまう。

ここぞとばかりに美咲と雅代が責め立てると思ったが、ユリカの不在時には代役である二人がオーロラ姫として王子と合わせることになる。だから彼女たちにとってはユリカが時間にルーズなのは大歓迎で、一切不満は出ず、奇妙な平和が保たれていた。

「解釈のディスカッションってしないのかなあ」

ある日、レッスン後にクールダウンのストレッチをしている時、梨乃が言った。

「してもらいたいよな。振りは入っていても、どういう感性でステップを踏めばいいか迷う時がある」

達弘も頷いた。

「確かにそうですね。シルヴィアに聞いてみます」

花音はストレッチを終えると、すぐに廊下へ出た。ちょうどオーロラ姫と王子のレッスンが終わったところなのか、隣のスタジオから蘭丸やユリカが出てきた。彼らに続いてシルヴィアも姿を見せる。

「あの」

声をかけると、シルヴィアが振り向いた。額やうなじに汗が光り、金髪がはりついている。充実したレッスンの様子がうかがえた。

「作品、そして役柄の解釈をどのようにすればいいか、団員たちが知りたがっているんですが」

「ああ、そうね。明日のレッスンの前に、わたしの考えを話すわ。だいたいの方向性は決めてあるから」

「ということは……団員は解釈をお聞きするだけ、ということでしょうか？」

「もちろんそうよ。どうして？」

「ディスカッションをして、みんなで全体像を固めていければと思うんです」

「ディスカッション？　必要ないと思うわ。大丈夫よ、ちゃんとみんなに伝わりやすいように説明するから。じゃあカノン、また明日ね」

シルヴィアはにこやかに手を振ると、立ち去ってしまった。

ディスカッションの機会をもらえないのか――

こんな時、蝶野監督なら、とつい想像してしまう。比べてはいけない。シルヴィアにはシルヴィアのやり方がある。だけど――

「このバレエ団では、毎回ディスカッションをしてきたんですか？」

背後から声が聞こえた。振り向くと、怜司が立っている。

「ええ、毎回。過去に演じたことのある作品でも、必ず」

「へえ、それはすごいなあ」

「これまで参加したバレエ団ではしなかったの？」

「ないです。演出家の先生が『こういう解釈でやるから』って説明してくださったら、そのとおりに踊るだけ。もちろんパートナー同士で話し合ったりはするけど、全員でのディスカッションはしたことないですね。世界各地、いろいろなバレエ団に行ってきたけど、どこも取り入れてないんじゃないかなあ」

「そうだったの。わたしはこのバレエ団しか知らないから、てっきり当たり前だと思ってた」

「うーん、正直、必要ないんじゃないでしょうか」

怜司は少し申し訳なさそうに、しかしはっきりと言った。

「全体でのディスカッションとなると、結構な時間が取られますよね。だったらその分、シルヴィアから踊りの指導を受けた方がいいと思います。彼女だって、ずっとはりついて教えてくれるわけじゃない。この公演が終わったら帰国してしまうし、一分一秒がもったいないですよ」

「だけど役の解釈が踊りを深めると思わない？」

「もちろん思います。誤解しないでほしいんですけど、僕は解釈が必要ないなんて言ってないですよ。ディスカッションという過程を経なくたって、演出家が考え抜いた解釈を理解して、咀嚼（そしゃく）して、自分なりに深めればいいと考えてるだけです。そしてそれができる人こそが、プロだと思うんです」

確かに怜司の言う事にも一理ある。花音が黙り込むと、怜司は慌てたように、

「すいません。何も否定してるわけじゃないんです。色々なやり方があっていいと思います。お疲れさまでした」

とロッカー室へ去っていった。

その夜、花音は久しぶりにブログを更新した。

『公演に向けてのレッスンは順調に進んでいます。シルヴィア・ミハイロワの演出ともなれば緊張必至！　そんな中、ひとりひとりの踊りが研ぎ澄まされ、成長していきます。

けれども……個人的にはショックなことがありました。解釈のディスカッションを、シルヴィアはしない方針なのだそうです。

これまで、なんと恵まれていたのでしょうか。あの濃密な意見交換。それぞれの役柄への解釈が互いに影響し合い、どんどん作品全体を包み込んでいく一体感……。

もちろんシルヴィアのやり方を否定するわけではありません。明日、彼女の解釈を聞くのも楽しみです。でも、ちょっぴり残念かな』

本音を晒しすぎただろうかと一瞬迷ったが、そのまま投稿した。これも公演本番に向けての軌跡の、大切な一部だ。

そして明日もう一度シルヴィアに交渉してみようと考えながら、眠りについた。

次の朝バレエ団に到着すると、花音は早速ロビーでコーヒーを飲んでいたシルヴィアをつかまえた。

「ディスカッションの機会を持つことを、前向きに考えていただけませんか？　あなたのような天才肌の人から見れば無駄だと思うかもしれません。けれども自分だけじゃなくて、他の人がそれぞれの役柄についてどう思っているのかも理解したいんです。そうやって相互に理解を深めることによって——」

必死に言葉を探す花音に、シルヴィアが微笑んだ。

「いいわよ」

あまりにあっさり了承をもらえたので、花音の方が戸惑ってしまう。

「いいんですか？　本当に？」

「実はあれから考えて、いつもと違う方法も悪くないと思ったの。やってみましょう」

「ありがとうございます！」

「コーヒーを飲んだらすぐに行くわ。みんなをミーティングルームに集めておいて」

「はい！」

花音は張り切って階段を駆け上がり、スタジオにいる団員に声をかけた。

「ディスカッションすることになったの？」

「やったあ」

蘭丸や達弘、美咲たちが喜んで移動していく中で、ユリカと怜司は不満げな顔をしている。全員が席に落ち着いたころ、シルヴィアが入って来た。

「今回はディスカッションという、わたしにとっても新しい試みをしたいと思うの。それぞれの役柄について、みんなの意見を聞いてみたいわ。まずユリカ。あなたはオーロラ姫のことを、どのように考えてる？　ぜひシェアしてちょうだい」

「せっかく今日は時間通りに来たのに、踊らずにこんなことをするの？　ダンサーは踊ることが仕事よ。シェアすることもディスカッションも意味があることとは思えないわ」

ユリカは渋い顔をして言う。もしかしたら彼女自身、深く役柄を掘り下げていないんじゃないか――花音は一瞬、そう疑った。が、

「まあ、それでもあえて言うと……わたし、オーロラ姫には二面性があると思ってる」

という言葉に一気に引き込まれる。

みんなも意外そうにユリカを見ていた。ヒロインの二面性といえば、「白鳥の湖」のオデットとオディールが代表的だろう。けれどもオーロラ姫はそのように語られる

ことはない。

「バレエの『眠れる森の美女』はペローの童話をもとにしているけれど、類話のグリム童話版ではオーロラという名でなくいばら姫――つまりブライア・ローズ（野ばら）と呼ばれているわ。そしてディズニーのアニメ版では両方の名を上手に融合させている。生まれた時は夜明けの光（オーロラ）として世の中を明るく照らす存在となるよう願われて名付けられ、カラボスにあたる魔女に呪いをかけられてからはブライア・ローズという別人として生きる、というように。

　その名のとおり、薔薇のようにほがらかで、可憐な少女に成長するわけだけど、そこでは世の中を照らすという大義は失われてる。つまり魔女から身を隠せるなら、娘さえ助かるのなら、世の中のことはどうでもいいという王と王妃にあるまじき意思をわたしは感じるの。

　一方バレエ作品での王と王妃は呪いに怯（おび）えるあまり、オーロラ姫を過保護に育てたことは想像に難くない。だって国中から糸車を廃棄させてしまったくらいなんだもん。そのせいでオーロラ姫はスポイルされた王女になった。愛らしいけれど、自己中心的でわがまま。四人の王子から一度にプロポーズを受けるというのもその表れじゃないかしら。

　けれどもそんなオーロラ姫が十六歳の時に紡錘（つむ）――糸車の針――で指をさして、百年の眠りにつく。彼女が眠っている間に何を考えているかは、舞台では一切描かれないのよね。描かれるのは、デジレ王子の視点から、彼がまぼろしの中でオーロラ姫と出会い、恋に落ちるということだけ。

だけどわたしは、王子がまぼろしを見たように、オーロラ姫もまた夢を見ていたのではないかと思うの。だって百年もあったのよ？　これまでの人生を振り返り、自分の幼さを反省し、気づきを得るのには充分すぎる年月でしょ？　だから王子のキスで目覚めた時、はるばる危険を冒してやってきてくれた彼に感謝して、愛を受け入れた。眠っている間に、心の成長があったはずよ。

だからわたしは16歳の誕生日の場面では小悪魔的でわがまま、思わせぶりに踊って、目覚めてからはオーロラ姫の誇りと気品を前面に出し、肉体的に年を取っていなくても精神的な成熟を感じさせるような演技をする——そう心掛けているの」

誰もがぽかんとしてユリカの言葉を聞いていた。ここまで深くオーロラ姫の役柄を解釈して踊っていたのか……。

「素晴らしいわね」

シルヴィアが満足げに頷く。

「ではランマル、デジレ王子の観点からこの作品をどう見る？」

「そうですね……他のバレエ作品に比べて、王子の影がうすいと思ってます」

「というと?」

「王子はプロローグにも第一幕にも出てきません。第二幕でやっとですよね。第三幕の婚礼シーンにも出てきますが、童話の登場人物がお祝いで踊るのがメインです。もちろんグラン・パ・ド・ドゥなど見せ場はありますが、『白鳥の湖』や『ロミオとジュリエット』などと比べて『王子さま感』は弱い気がするんです」

「なるほど、そうかもしれないわ。それで?」

「つまりこの作品は、あくまでもオーロラ姫のものだと考えています。王子は対等でなく、完全に引き立て役ですね。かといって、単に姫を目覚めさせる装置であるのはつまらない。まぼろしの中のオーロラ姫を本気で愛していく様を丁寧に演じて、役に厚みを出したいと思っています」

「それについて、レイジはどう?」

「確かにそうですね。第二幕でデジレ王子がやっとオーロラ姫を見つけてキスをして目覚めさせますが、版によっては、目覚めてすぐのパ・ド・ドゥを踊らないでしょう? それが王子の存在をますます弱めて、蘭丸さんの言う『目覚めさせるためだけの装置』になってしまっている気がする。ストーリーに関わっているというよりは、ストーリー上必要だから登場させられた、という印象を受けます」

「なるほど」

シルヴィアが腕を組んで思案する。

「目覚めのパ・ド・ドゥをなしにして、すぐに第三幕の結婚式に移った方が展開のテンポはいい。特に今回は縮小版だから、実はわたしも割愛するつもりでいたの。だけど二人の意見を聞いたら、姫と王子の出会いを大事にして、結婚式までに二人が愛情を育む時間があった方がいいと思いなおしたわ。今回は、目覚めのパ・ド・ドゥを挿入するようにしましょう」

自分たちの意見が取り入れられた——蘭丸と怜司は嬉しそうな顔をした。

「もうひとつ聞きたいことがあります」

怜司が言った。

「そもそもどうしてリラの精は、デジレ王子をオーロラ姫の相手役に選んだんでしょうか？」

「その質問には、リラの精本人に答えてもらいましょうか。ミサキ？」

リラの精は、花音演ずる悪の精カラボスと対立する存在だ。自分の役作りに関わることなのでしっかり聞いておかなければと、花音は身を乗り出す。

「リラの精はオーロラ姫の名付け親だけど、デジレ王子の名付け親でもあるからよ。百年の時を隔てて、二人にはそういうつながりがあったの」

美咲が自信たっぷりに答えた。

「へえ、そうだったのか。ところでデジレってどういう意味なんだろう?」

「デジレは英語ではデザイアド（Desired）。だから希望の王子、待ち望まれた王子ということね」

蘭丸の問いにも、美咲の言葉はよどむことはない。

「そう名付けたのには、何か意味があるのかな?　オーロラみたいに」

「もともとデジレという名前自体は珍しくないみたいだけど、みんなから望まれ、希望となれるような王子に成長してほしい、というリラの精の願いが込められていると思うわ」

「姫と王子の名付け親ってことは、リラの精はストーリー上、ものすごく重要な役割を果たしていることになりますよね。王子なんかよりも、ずっと」

蘭丸と美咲のやり取りに触発されたように、怜司が口を挟む。美咲は「わたしもそう思うわ」と頷いた。

「カラボスの呪いを弱める。オーロラ姫と城を百年もの眠りにつかせる。そしてデジレ王子にオーロラ姫の幻影を見せ、城まで導き、目覚めさせる役割を与える――物語の鍵は、リラの精が握っていると言っても過言ではない。登場人物の運命をつかさどるわけだから、真の主役と言えるかもね。けれどもあえて影の存在でいる――わたしはそこにリラの精の魅力を感じるし、奥ゆかしさを表現したいと思ってるわ」

やっぱり美咲はすごい。このディスカッションは予定されたものでなく、急に決まったことだ。それなのにしっかり下調べをし、ここまで役柄を完璧に理解している。

本心はオーロラ姫を踊りたいだろう。代役なんて不本意だろう。けれどリラの精を完璧に理解し、踊れるからこそ更なる上を求めているのだ。美咲の姿勢に、花音は感激した。

「てことは、第三幕の婚礼シーンでは、もっとリラの精に対する感謝の気持ちを表した方がいいな。オーロラ姫と出会えたのも結婚できたのも、リラの精のお陰なんだから」

「確かに。リラの精も出席してるわけだから、パ・ド・ドゥの時に頻繁に視線を送ったり、笑いかけたりするといいかもしれませんね」

「そうすることで、王子もさらにストーリーに関わることができるな」

怜司と蘭丸が意見を交換し、頷き合った。怜司がディスカッションに触発されているのを目の当たりにして、花音は嬉しくなる。

「ではカラボスはどうなの、カノン？　あなたの目には、この悪の精はどう映ってる？」

「はい！」

喜んでいる場合じゃない。花音は慌てて居住まいを正した。

「カラボスは、六十年前に作られたディズニーのアニメ映画ではマレフィセントという名前になっていますね。二〇一四年には実写映画にもなって、アンジェリーナ・ジョリーがその役を演じたことで、一気に知名度が上がりました。マレフィセントは英語で〝有害な〟や〝悪意のある〟という意味なので、やはり悪役であることは間違いないでしょう。生まれたばかりの姫の死を願うなんて残酷ですしね。ですが、わたしはカラボスがそれほど悪い精ではないんじゃないかと思っているんです」

「面白いわね。なぜ？」

「すぐに殺せばいいのに、十六年もの猶予を与えているからです。それに本当の悪の精なら、そもそも洗礼の式典に招待されたいなんて思うでしょうか？　仲間はずれにされたから怒るなんて可愛らしい気もします。つまりカラボスはみんなに仲良くしてもらいたい、けれどもつれなくされたから怒っているわけですよね。現実の世界でもいるじゃないですか。ひねくれていて嫌われ者。だけど本心は、受け入れてもらいたがっている不器用な人。わたしはなんだか、カラボスに人間味を感じてしまうんです。だから精霊だけど人間臭さのある踊りを目指すつもりです」

「カラボスの新たな面が見えてきたわね」

シルヴィアがにやりとした。

「これまでカラボスといえば、妖艶な迫力を持った悪の精というのが定番だった。それを打ち破りたくてカノンに可憐なカラボスを演じてもらいたいと思ったわけだけど、そこに人間臭さが加わったら、ちょっぴり滑稽で魅力的な悪役が完成する。斬新なカラボス像ね。楽しみだわ」

さらに興奮気味に続ける。

「第二幕で打ち負かされたカラボスが、第三幕の婚礼に招待されて出席しているバージョンと、していないバージョンがある。迷っていたんだけど、カノンの解釈を踏まえると、和解して婚礼にも出席する方が自然ね。そうしてみるわ」

そう言ってから、はたと何かに気づいたように、ふふふと微笑んだ。

「なるほど、これがディスカッションをする意義なのね。カノンがどうしても、と言っていた理由がよくわかったわ」

「そういえば僕もいつの間にかみんなの意見に刺激を受けて、解釈が深まりました。まいったなあ、すっかりこのバレエ団のペースにはまりましたよ」

怜司も笑って、まんざらでもなさそうに頭を掻いた。

7

何日も雨が続く。

肌寒い日も多いが、ダンサーたちの練習への熱量はものすごく、毎日スタジオは白熱していた。解釈のディスカッションを経て、さらに役作りに深みも増した。

ただ、花音にはずっと気がかりがあった。全体的にまとまってきているし、順調に進んでいる。けれども、どんなに注意してもユリカの遅刻癖が直らないのだ。それによって平和が保たれてはいるものの、それは不健全で歪んでいる。きっといつか、どこかで崩れてしまう――

今朝も、花音はユリカにモーニングコールをした。気だるそうな声で「うん、わかった。すぐ行くわ」と返事していた。果たして、ちゃんと来てくれるだろうか。不安に思いながら、雨の中、花音はバレエ団に向かった。

十時になった。シルヴィアも来た。けれどもやはり、ユリカの姿は見えない。

「またユリカは遅刻なのね？」

シルヴィアがスタジオを見回し、厳しい顔をした。

「ではレイジはミサキと、ランマルはマサヨとペアを組んで。ピルエットからフィッシュダイブへの流れを重点的にやるわ」

美咲と雅代はいそいそとオーロラ姫として踊り始める。二人のオーロラ姫は、代役とは思えないほどの完成度だ。

しかしやはりフィッシュダイブともなると、飛び込む女性側も受け止める男性側も難しい。両ペアとも、なかなか調子は出ないようだった。

「すみません美咲さん。僕、まだうまくバランスが取れなくて」

「怜司くんのタイミングが早いんだと思う。わたしの動きをしっかり見ておいてね」

怜司はすっかり美咲と打ち解けたようで、しっかり意見交換をしながら踊りを高めている。蘭丸と雅代ペアも、もう少しで本番にもっていけそうなクオリティだ。

シルヴィアの指導にも熱が入る。彼女は忙しくフロアを回り、それぞれのパートに細かな指示を出していく。ダンサーたちは肉体のかぎりを尽くしてそれに応え、踊り込む。スタジオは熱気に満ち満ちていた。

カラボスの出番はそれほど多くはないし、派手なジャンプがあるわけでもない。花音の練習はみんなに比べれば地味である。だから時折フロアを見回し、それぞれの踊りが研ぎ澄まされていくのを見るのが楽しかった。

梨乃と達弘のシンデレラとフォルチュネ王子も、とてもロマンチックに仕上がっている。達弘と梨乃は兄妹のようなものだと本人たちはいつも言っているが、今の踊りを見れば互いに恋をしているのではと勘繰りたくなる。そしてそう思わせるということは、大成功なのだ。

——腕を上げたな。

感心しながら見ているうちに、二人がフィッシュダイブを始めた。おや、と花音は首をかしげる。二人は何度かフィッシュダイブを決めると、オーロラ姫とデジレ王子のパ・ド・ドゥを踊り始めた。

ふと気づけば、オーロラ姫のパートを踊っている女性ダンサーがあちこちにいる。彼女たちはシルヴィアの美咲と雅代への指導を聞き、その通りにステップを踏んでいる。自分のパートの練習ばかりしていると煮詰まってしまい、気分転換に別のパートを踊ってみることはある。けれども彼女たちはシルヴィアの指導に真剣に耳を傾けていた。

気持ちはわかる。シルヴィアの指導は貴重で、いつかオーロラ姫を踊るときが来たら役に立つだろうから。でも、だからといって——

「そこまで！」

シルヴィアが手を叩いた。

「では次は、カラボスが紡錘を渡すシーン。オーロラ姫はミサキでお願い。全員スタンバイして」

振り付け上必要なので、花音は黒いフード付きマントをかぶってポジションについた。美咲が「花音ちゃん、これ使ってね」と紡錘を渡してくる。手に持って踊るシーンに必要なので、紡錘はユリカにだけでなく、美咲と雅代にも一本ずつ用意されていた。

軽やかな音楽が流れる。オーロラ姫の十六歳の誕生日パーティ。華麗にステップを踏む美咲を、招待客が微笑ましげに見つめている。そこに黒いマント姿の花音が紛れ込んでいる。花音は背中を丸め、のっそりのっそりと歩き、踊っている美咲が近くに来た時に、紡錘を渡した。

銀の糸が巻きつけられた、きらきらした紡錘。

美咲は紡錘を手に取り、珍しそうに目を輝かせ、片手に持ちながら軽やかに踊る。王と王妃が心配して取ろうとすると、背後に隠していやいやをし、そしてまた楽しそうに踊る——と、突然紡錘を落とした。手に刺してしまったのだ。痛かったわ、でも大丈夫。まだ踊れるわ。何ともないの——再び笑顔で踊りだす。けれどもだんだんと毒が回ってきた。ステップがあやしくなる。苦しい。苦しい。助けて……。美咲は、四人の王子の差し出した腕に倒れ込む。

ああ、なんということだ、死んでしまった——

そこへ花音がマントを振り払い、カラボスとしての素顔を晒す。怯えて嘆く人々の合間を、花音は高らかに笑いながらすり抜けて消える——

「オーケイ、そこまで！」

シルヴィアが手を叩く。みんながふうっと息をつき、高まっていた空気がほぐれた。

「いいわね、ミサキもカノンもとってもよかったわ。あとは王子が腕を差し出す位置なんだけど、もう少し低い方がいいかしら。次はマサヨでやってみてくれる？」

「はい！」

美咲が下がり、雅代がセンターへ向かう。

「さすが美咲。惹きこまれたわ」

「雅代のも期待してるね」

すれ違いざま、互いに誇らしげにハイタッチをした。

「準備はいい？　ではカラボスが紡錘を渡すところからもう一度。ファイブ、シックス、セブン、エイト……」

その時、スタジオのドアが開いた。ものすごい勢いでユリカが入ってくる。

「遅れてごめんなさい。今準備するから」

よほど急いで来たのだろう、歩きながらシニヨンを結っている。

「紡錘の場面をやってるの？　ちょっと待ってて。ロッカーから自分のを取って――」

「ユリカ、待ちなさい」

シルヴィアが前に立ちはだかった。

「何度も忠告したはず。今度遅れたら、もうあとはないと」

「ごめんなさい。胃が痛かったの」

さすがのユリカもしおらしく謝る。けれどもシルヴィアは厳しい口調で続けた。

「あなたは確かに素晴らしいプリマよ。だけどミサキとマサヨのオーロラ姫にも、めざましいものがあるわ。あなたが踊っていない間に、血のにじむような努力をしてきたんだもの。これまでわたしは、オーロラ姫にはユリカ・アサヒナしかいないと思ってた。だけど考えを改めるべきね。ユリカ、ミサキ、マサヨ――この三人で、明日オーディションをします」

スタジオがざわついた。ユリカが顔色を失う一方で、美咲と雅代が歓声を上げている。

「オーディションは明日の十時から。最初は……そうね、ミサキから。それからマサヨ、ユリカの順で行きましょう。紡錘のシーンにするわ」

「オーディション？　このわたしが？　冗談じゃないわ」

「最高のオーロラ姫を踊ればいいじゃない。もしもできるなら、だけど。気がそがれたわ。二十分休憩！」

シルヴィアが険しい表情で出て行った。

「悔しい……！　どうしてわたしが」

ユリカは手を取り合ってはしゃいでいる美咲と雅代につかつかと近寄ると、

「わたしから役を取ろうとするなんて、図々（ずうずう）しいわ。あなたたち邪魔よ！　わたしの前から消えて！」

　と言い捨てて出て行った。

「美咲さん、雅代さん、すみません」

　わがままな幼馴染の代わりに、達弘が慌てて謝りに行く。

「あら、いいのよ」

「わたしたちにはチャンスだもの」

　二人はご機嫌で休憩に出て行った。

　スタジオは気まずさに静まり返る。いくら美咲と雅代が喜んでいるからといって、指導者であるシルヴィアを怒らせ、もめたことには変わりない。そしてそれは、ユリカをコントロールできなかった自分の責任だと、スタジオの片隅で花音は自分を責めていた。

「まさかと思いますけど、責任感じてませんよね？」

　花音の様子に気づいて、梨乃が言う。

「ずっとずっと何とかしなきゃと思ってたのにできなかった。わたし、美咲さんと雅代さんが代役を踊ってくれることに、つい甘えてしまってた……」

「違うよ、問題なのはユリカのプロ意識の低さだよ」

　達弘は激怒している。

「キャシーに聞いたら、ずっとユリカは時間に正確だったって。日本のバレエ団だからって舐(な)めてるんだよ」

「花音さん、これはさすがにユリカが百パーセント悪いから。気にしちゃダメですよ」

怜司も必死で慰めてくれた。

せっかくまとまりかけていたのに、結局その日は一日、白けた雰囲気のレッスンとなってしまった。

自分がすべてを台無しにしてしまった気分だった。

「久しぶりにラ・シルフィードに行こうか。まだ怜司くんを連れて行ったことないし。な？」

蘭丸が励まそうと誘ってくれる。ラ・シルフィードは花音たちのお気に入りのフレンチ・カフェレストランだ。

「わあ、行ってみたいです！」

怜司が目を輝かせる。

「ありがとう。でも……今日はやめとく」

気持ちは嬉しかったが、とても笑顔を作れる気分ではなくて、とぼとぼと家に帰った。

夕食を作り、ひとりでもそもそと食べる。ソファでコーヒーを飲んでゆっくりすると、少し冷静になることができた。

そうだ、ブログを更新しなくては。最近は少し間が空いてしまった。気分転換にもなる。

『先日、なんと解釈のディスカッションをさせていただけました。こんなにすぐに叶うなんて、驚きましたが嬉しかったです。

ディスカッションでは、たくさんの興味深い意見が出ました。ユリカ・アサヒナは、オーロラ姫には二面性があるのだと言いました。太刀掛蘭丸と坂崎怜司は王子の影が薄い演目だと。言われてみれば、確かにそのとおりですね。

さてわたしのカラボスなのですが、人間味のある悪の精を目指すつもりだと伝えると、シルヴィアに面白いと言っていただけました！　ただ、それだけでは不充分で、さらなる掘り下げが必要では……とも思っています。

そもそも、カラボスってどういう意味なんでしょうね？　オーロラは世の中を照らす光、デジレは希望の王子、待ち望まれた王子、という意味なのだとか。イメージが湧きやすいですよね。

名前の意味から掘り下げる手掛かりがないかと思って、インターネットなどで調べてみました。でも見つかりません。カラボスには意味なんてないのかしら』

投稿ボタンを押す。それから皿を洗って再びPCの前に戻ると、コメントがついていた。

——Carabosseのcaraはラテン語から派生した言葉で「顔」、bosseはフランス語で「コブ」や「ぶつぶつ」という意味です。

「え、そうなの⁉」

モニターの前でひとり、思わず声をあげる。

顔中にぶつぶつのできた醜い悪の精……花音の頭の中に、一気にイメージが浮かんだ。大いに役作りのヒントになる。頭の中で具体的な映像を作っておくのとおかないのとでは、踊りの細かな表現が変わってくる。それにしても、いくら調べてもこのような情報は出てこなかったのに。この人の知識、すごい。

『ありがとうございます！　となると、わたしは醜い顔のせいで忌み嫌われてきたカラボスに、ますます哀愁を感じます。誰だって望んで醜くなったわけじゃないですから。わたしは正直これまで、洗礼の式典に招待されなかったくらいで激怒しなくても……と思っていました。しかも、赤ん坊の死を願うなんてやりすぎだと。ですが外見に根深いコンプレックスがあって、しかも招待されているのはリラの精や夾竹桃（きょうちくとう）の精などきらびやかで美しい妖精ばかりだと知れば、怒りも湧きますよね。おまけに生まれたばかりのオーロラ姫は、その名のとおり眩しいくらいの可愛らしさ。その先にある輝かしい未来を取り上げてやろう……そう思い至っても、不思議じゃないかもしれません。

だけど……そもそも、なぜ醜くなったんでしょうか。悪い精だから外見も醜悪になってしまったのか、それとももともとは普通だったのに、病気か何かで醜くなったから心も変化したんでしょうか』

投稿してから、しばらく何の返信もなかった。当たり前か。自分で考えなくちゃ——そう思った時、返信が来た。

——『眠れる森の美女』の原作を知ってますか？

『もともとヨーロッパに伝わる民話をペローやグリム兄弟が童話集にまとめたということは知っていますが……』

——そうですね、一般的に知られているのは確かにペロー童話とグリム童話ですが、厳密に言えばグリム童話のものは「茨姫」といって類話になります。類話という意味で言えば、他にジャンバティスタ・バジーレの「太陽と月とターリア」というものもありますよ。

「へえ、知らなかった。でもどう違うのかしら」

花音のつぶやきを聞き取ったかのように、コメントが続く。

——ペロー童話と「太陽と月とターリア」に共通するのは、王女が目覚めて王子と結婚した後も物語が続くことです。しかもペロー版では王子の母親、つまり姑が人肉を食べるのが好きで、王女と王子の間にできた双子の子供——孫なのに——を所望したり、最後には王女をも食べようとするんですよ。

「なんですって⁉」

読み間違いかと思って、慌ててモニターの前に身を乗り出す。けれども読み間違いではなかった。まさか、人肉を食べる姑だなんて！

——心優しい料理人の機転で子供たちも王女も食べられなくてすむのですが、それにしてもかなりショッキングですよね。「太陽と月とターリア」でも人肉を食べるモチーフが出てきます。それは姑ではなくて、妻——つまり眠り姫を目覚めさせたのは王子ではなくどこかの国の王で、すでに妃がいたという設定です。けれども王は眠り姫と浮気をして双子までもうけている。怒った妃が、双子を殺して、肉を王に食べさせるんです。王は我が子だと知らずに、うまいうまいと食べてしまう。

『なんてグロテスクなの！』

——もっとも、こちらでも料理人が機転を利かせてヤギの肉を代わりに食べさせていますがね。

『原作は、かなり残酷なのですね……』

——そうですね。ペロー童話にしても類話にしても、カニバリズムとはなかなか残酷です。と、まあこれだけ色々な類話があるわけですが、実はそれらにはカラボスという名前は出てこないんですね。出てくるのはオーノワ夫人版の「爛漫の姫君」という類話の中で、カラボスの足は歪み、背中には大きなこぶがあり、肌はインクよりも黒かった、と描写されています。

『ということは、カラボスは最初から醜かったということなんですね』

——いえ、実はここが興味深いところです。眠り姫の父、つまり王が少年だったころ、カラボスが調理していたスープに硫黄を投げ入れるいたずらをした、とされているんです。なので、もしかしたら、そんなものを食べさせられたせいで醜くなった可能性も考えられますね。

『硫黄をスープに⁉　それは少年とはいえ、ひどいいたずらですね』

——そう。だからその仕返しに違いない、と王はおびえるわけです。

『それはそれで、つじつまが合っていますね。面白いです。カラボスが醜く、忌み嫌われる原因を作ったのが、姫のお父さんだったのかもしれない……。わたし、思いっきり睨みつけて、憎々しげに、恨みたっぷりに踊ってやることにします』

花音はくすくす笑いつつも、自分なりのカラボスがさらに固まったことに嬉しくなった。そしてハッとする。

こうやって色んな意見を交わしながら、解釈が深まっていく感覚。これまで経験してきたディスカッションの充実感と同じだ。

画面の向こうの相手。豊富な知識を、押しつけることなく教えてくれる。そして、あくまでもこちらの心の中から、新しい解釈を引き出してくれる――

『あなたは誰ですか？』

花音の唐突な質問に、相手は沈黙している。

だけど花音には、誰だかわかっていた。

どうしてずっと気がつかなかったんだろう。演出家が見つからないと書けば、すぐにシルヴィアが名乗りを上げてくれた。解釈のディスカッションをする時間が欲しいと書けば、次の日に対応してもらえた。

この人が。

この人がずっとブログを通して見守り、陰で手を差し伸べてくれていたんだ――

花音はキーボードを打つ。

『変なことを聞いてすみません。気にしないでください。「爛漫の姫君」でも、カラボスは祝いの席に呼ばれなかったんですか？』

すぐに返信が来た。

――「爛漫の姫君」では誕生祝いの席ではなく、世話をする乳母を募集し、そのうちのひとりとしてカラボスも名乗りを上げたんです。けれども醜い容姿のせいで王妃に退けられ、怒り、呪ったというわけ。

『乳母って、当然ですけど姫の世話をするためですよね？』

――もちろん。

『ずっと気になっていたんですけど、この作品って母親としての王妃の存在感がほとんどないですよね。祝いの席でも、妖精に「優しさ」「強さ」「知恵」などを授けてもらう。本来なら、母親が育てる過程で教えるべきことじゃないですか。「爛漫の姫君」でも乳母に世話を任せようとしていたと聞いて、ますますそう思ってしまいました』

――王族は子育てを他人に任せるのが普通でしたからね。日本でも春日局（かすがのつぼね）など、乳母の存在は大きいものでした。ただ、時代的な背景はあるにせよ、母親の存在が希薄であることは間違いないですね。

『その一方でカラボスが乳母として名乗りを上げた……であればわたしはそこに、母性を感じます』

――カラボスに母性！　それは興味深いですね。

『わたしはもともと、カラボスは寂しがりやだと捉えていました。そこに母性が加わると、もしかしたらカラボスは自分の子供が欲しかったのかもしれない……今、そんな気がしています』

――そんな切実な願いをないがしろにされ、呪うに至ったということですね。

『そうです。だけど本心では、殺したくなんかない。母性の方が勝っていますから。だから十六年の猶予を与えた。それに、リラの精がまだ贈り物をしていなくて、呪いを覆してくれることも計算済みだったんじゃないでしょうか』

――なるほど、それは逆転の発想ですね。とてもユニークです。

『長い時を、ずっと森の奥で一人きりで暮らしていた精霊。家族を持ちたくても、その醜さで叶わなかった。だからこそ、赤ん坊への憧れは誰よりも強い。カラボスも、本当はオーロラのような子供が欲しかったんじゃないでしょうか。カラボスとは母親になりたくてもなれなかった、悲しい精霊なのかもしれません』

――胸が張り裂けそうなほどの、愛情や家族というものへの渇望。孤独と悲哀、そして母性を踊りや表情ににじませることができれば、これまでにない、観客の胸を打つカラボスが誕生するに違いありませんね。難しい役作りになるでしょうが、あなたにならば必ずできると信じています。

『ありがとうございます』

そこまで入力して、花音は指を止める。そして思い切って、打ち込んだ。

『また迷ったり悩んだりしたら、ここで相談してもいいでしょうか?』

しばらくの間があり、返信が来た。

――あなたにここで話しかけることは、きっともうありません。あなたはすでに充分、成長している。だから、これが最初で最後です。このブログで、ダンサーとして、理事としてのあなたの成長を目の当たりにできて誇らしかった。これからも見守っています。さよなら。また、いつか。

その言葉を最後に、もういくら待ってもコメントが書き込まれることはなかった。

「ありがとうございました……蝶野監督」

花音は涙をぬぐい、モニターに向かって頭を下げた。

8

目覚めると、嵐だった。

朝だとは思えないほど暗い空の下、傘を吹き飛ばされそうになりながら、花音は道を急ぐ。

早く新しいカラボスを踊ってみたくて仕方がなかった。オーロラ姫の父に鋭い視線を送り、威嚇するように大きな身振り手振りで震え上がらせたい。ゆりかごの中のオーロラ姫に呪いをかける時には、切なげな表情を取り入れたい。人間味だけでなく、母性を前面に出してみたい。一番広いAスタジオを使って、思う存分に踊るつもりだった。

門をくぐり、雨に濡れそぼったヨーロッパ風庭園を抜け、正面玄関へたどり着く。らせん階段を上りきったところで、何かを蹴った。

――スマホ?

拾ってみると、ケースにはMASAYOと入っている。

あとで渡してあげようと思いながらAスタジオへ入り――花音は悲鳴をあげた。

フロアに女性が倒れていた。

「大丈夫ですか!」

荷物を放り出し、慌てて駆け寄る。雅代だった。あおむけに倒れており、顔は青ざめ、唇はどす黒い。

「雅代さん! 雅代さん!」

体を起こそうと、手を触れた。しかし驚くほど冷たく、そして砂袋のように重かった。動かしてはいけないかもしれない。脳出血の可能性もある。

急いで壁際の固定電話に駆け寄り、119を押す。

「人が……人が倒れていて……」

必死で状況を説明する。

――落ち着いてください。まず場所を教えてください。

花音はバレエ団の所在地を告げる。

――すぐに向かいます。脈拍、呼吸はありますか？

雅代の口元に手を当てる。息は感じられない。胸も上下していない。手首はただ冷たく、脈は感じられなかった。

頭が真っ白になった。何も考えられなかった。いつの間にか電話は切れていて、花音はただ雅代の傍らに座り込んでいた。

いつもならたっぷりと日差しを取り入れてくれる大きな窓には雨が激しく打ち付け、木々がざわめいている。

ストロボをたいたかのように、スタジオ全体がカッと真っ白に光った。続いて地を震わすような轟音（ごうおん）。雷が落ちたのだと気づくのに時間がかかった。

どれくらいの時間が経ったのだろう。茫然とする花音の目の前を救急隊員が担架を抱えて通り、雅代を乗せ、走り去っていった。同時に警察官らしき人が数名やってきて、スタジオの入り口に黄色いテープを張り始めた。ここから出てください、立ち入らないでください、この建物を保全します、という目の前にいる彼らの声が、ものすごく遠くから聞こえるような気がした。

追い立てられるようにして、いつの間にか門の外にいた。傘もささず、ただ立ち尽くして、慌ただしく警察官が出入りするのを眺めていた。

「おはよう。どうしたの？　濡れちゃうよ」

誰かが傘に入れてくれて我に返った。美咲だった。すでに髪はシニヨンにまとめ、体にぴったりしたTシャツにレギンス姿、そしてレッスンバッグを担いでいる。今日はオーディションの日なのだ。到着したらすぐにレッスンを始めようという気力がみなぎっている。笑顔だった美咲は、警察車両に気づき、眉を寄せる。

「ものものしいね。何かあった？」

不安げに、門の中をのぞきこむ。

「あの……」

花音が口を開くと、美咲がこちらを見た。緊張を感じ取ったのか、表情が強張（こわば）る。

「……なに？」

花音はそのまま言い出せないでいる。こんなこと、辛すぎる。

「ねえ、何があったの？」

「気をしっかり持って聞いてください。実は、雅代さんが……亡くなりました」

美咲は悲鳴をあげ、その場に倒れた。

変死ということで事情聴取が行われることになり、団員はロビーに集められた。閉鎖されたままの三階で忙(せわ)しく捜査員が行き来するなか、三つある会議室にひとりずつ呼ばれていく。待機中の団員は、泣く者、茫然とする者、さまざまだった。

「信じられないよ。雅代さんが……」

花音の隣で、達弘が重いため息をついた。蘭丸、梨乃、怜司とともに、珍しくユリカも一緒にいる。いつもは誰とも群れたがらない彼女だが、さすがに心細いのだろう。

「これからっていう時に……」

蘭丸が唇を嚙んだ。

「雅代さん、すごくすごく、今日のオーディションを楽しみにしてたのに。なんでこんな……」

梨乃がしゃくりあげる。

「美咲さんのことも……心配です」

怜司が涙で濡れた目を、ロビーの奥にある医務室に向けた。美咲は気を失ったまま、ずっと休んでいる。怜司はよく美咲とペアを組んでいたから、仲が良い。心配なのだろう。

「花音ちゃん、話を聞きたいって刑事さんが」

会議室から出てきた男性ダンサーに呼ばれて、花音は会議室へ行った。

会議室には、くたびれた背広を着た、小太りで禿頭（とくとう）の男性が座っていた。浦野（うらの）と名乗った。

「如月花音さん――第一発見者でいらっしゃるということですね」

「はい」

「捜査員の方から発見時の様子はだいたい聞きましたが、改めて詳しいことを――大丈夫ですか？」

よほど青い顔をしているのだろう、浦野が気遣う。

「大丈夫です」

花音が言うと、浦野は手帳の新しいページを広げ、ペンをかまえた。

「井上雅代さんの周辺で、トラブルなどありませんでしたか？ 恨まれていたようなこととか」

「ありません。熱心で姉御肌で、とっても良い先輩でした。どうしてそんなことをお聞きになるんですか？ まるで殺されたみたいに……」

花音が訝（いぶか）ると、浦野が気まずそうに禿頭を撫でた。

「おそらく、その可能性が高いと思われます」

花音は言葉を失う。事故か病死なのだと思っていた。まさか殺人だなんて。

いったい、誰が？

花音は、ハッとカラボスからの手紙を思い出す。

「脅迫状のようなものが届いていたのですが」

「ええ、渡辺総裁と野崎氏から伺いました。今そちらも調べさせています。我々としては色々な可能性を考えなくてはなりませんのでね。ところで……」

浦野は一つ咳払い（せきばら）をした。

「如月さんは昨日の夜十時から十二時までの間、どこにおられましたか？」

花音は自分も容疑者のひとりなのだと気がついた。昨日の夜は、いったい何をしていただろう？　蘭丸にラ・シルフィードに誘われたが、行かなかったのだ。

「自宅にいました」

「なるほど。証明できる人は――」

「いません。ひとり暮らしなので――あ」

花音は家に確かに一人でいた。でも――

「オンラインで、会話していました。相手の方もいらっしゃいますし、履歴も残っているはずです」

花音がブログのURLを告げると、浦野がすぐさまタブレットに打ちこみ、表示した。じっくりと時間をかけてひと通りタイムスタンプを確認した後、どこかへ電話をかけてやはりURLを告げ、裏取りするよう指示を出して通話を切る。

「拝見した限り問題ないとは思いますが、念の為さらに確認させていただきますので悪しからず。ただ今後、事件が解決するまでブログなど外部に発信することは控えてください。不特定多数の人が見るものですので」

「わかりました。ところで……どうして殺されていたと思われるんですか？」

「まだ簡易検査の段階ですが……死因は毒物のようです」

「毒物……飲まされたということでしょうか」

「いいえ、毒物を注入されたようです」

「注入？　注射器でということですか？」

「それが、こちらでも何だかわからなくてですねえ。見覚えがおありなら是非教えていただけませんか」

刑事が画像を表示したタブレットを花音に差し出した。花音は思わず目を見開く。

銀色に光る棒。それに巻きつくきらきらした毛糸――

「これ……」

「おわかりですか？」

浦野刑事が身を乗り出す。

「これは……バレエの小道具です」

花音は声を振り絞った。

「ほう?」

「紡錘です。オーロラ姫は、この針を指に刺して、眠りにつくんです」

「オーロラ姫、ですか。確か、控えている演目が……」

「そうです。『眠れる森の美女』です」

「なるほど……その物語の主人公がこれで死ぬ、いや、眠りにつくわけですね」

浦野が腕組みをした。

「だけど、わたしが雅代さんを抱き起こした時、こんなものはなかったと思います」

「スタジオの隅に落ちていたのを、捜査員が見つけました。転がっていったんでしょうな」

今日のスタジオは暗かった。それに雅代に気を取られていて、隅々まで見ていなかった。

「だけど、先は丸くなっていて実際には刺せないはずなんです」

「順を追ってご説明します。まず、この凶器の画像ですが、続きがありまして」

凶器、という言葉に、花音の胸はぎゅっとなる。今自分は、雅代を殺したものを目にしているのだ。

「こちらが分解された画像となります」

刑事がタブレットに別の画像を表示して、こちらに向ける。

シルバーの毛糸がほどかれ、棒がむきだしになっている。いや――実際には毛糸が巻かれて隠れていた中央部分は棒ではなく、プラスチックのボトルのようだ。そしてそのボトルから、ハリネズミのようにたくさんの鋭い針が飛び出ている。

「こういう形状のボトルに、レストランでソースやケチャップを詰め替えているのを見ますよね。押したら出るタイプで、スポイトボトルというらしいです。これはその、中くらいのサイズといったところでしょうか」

刑事はボトルを指で示した。

「ボトルの内側から外側に向かって、何本も中空のニードルが刺してあります。どうやらこのニードルは医療用ではなく、化粧水や香水を入れ替えるときに使うもので、百円均一ストアなど、どこでも手に入るようです。これらから入手ルートを絞るのは難しそうですが、それはそれとして――」

浦野が針の先端を拡大する。

「化粧品用なのでもともとは尖(とが)っておりません。しかし、やすりなどを使って先端を斜めに削り、非常に鋭く加工してあるのです。ボトルの上下に棒を固定してから、ボトルにニードルを仕込んで毒物を入れます。あとはボトルを隠すように糸を巻き付ければできあがりです。糸の部分を握れば同時にボトルが押され、毒のついた針が刺さる……そういう仕組みです。――ちょっと刺激が強いですかね。休憩しますか？」

愕然として画像を見ている花音に、刑事が聞いた。

「すみません、びっくりして……」

「あやまることはありません。お仲間を亡くされたのです。さぞかしショックでしょう」

「こんなものを……誰かが作ったんですよね……」

あまりのことに、何をどう考えればよいかわからなかった。ただただ信じられなかった。

「でも、中身が液体で、しかもこんなに針が刺してあれば、握らなくてもどこかから垂れてくるんじゃないでしょうか？」

「それが犯人の賢いところでしてね。小量のでんぷんを混ぜてありました」

「でんぷん……？　それじゃあ」

「ええ、ごくわずかですがとろみがついていて、握らなければ出てこないようになっていたんです」

「じゃあ犯人は、こういう知識や技術がある人物ということですね？　それが大きな手掛かりに――」

「いやいや、そうとは言えませんね。というのは、これを作るのには、特別な知識も技術も必要ないからです。確かによく考えてはありますが、誰だって簡単に作れるでしょう。どこでも手に入るものばかりだし」

「だけど……普通こんなことを思いつくでしょうか」

刑事はタブレットを仕舞いながら、きっぱりと言った。

「思いつくでしょうな。相手をどうにかして殺してやりたい――心からそう願っていれば。憎しみにかられた人間っていうのは、とんでもないことを考え付くものです。我々は、常にそんな人間を見ていますから」

すっと空気が冷えた。犯人の、生々しい憎悪に触れた気がした。

「渡辺総裁にもお願いしたのですが、団員の方に、心当たりのない小道具にはさわらないようにご周知ください。ただし、紡錘であること、そして仕組みは絶対に他言無用でお願いします。これは犯人しか知りえない情報です。犯人特定の決め手になります」

「犯人はこれを置いて、それを拾った雅代さんの手に刺さったということですか？」

「状況はもちろんいろいろ考えられますが、ただ……井上さんは、昨日どなたかと会うご予定だったそうです」

「ではここに、雅代さんのほかに誰かがいたと？」

「そうではないかと考えられています。実は彼女は昨晩、藤原美咲さんと八時ごろからバーでご一緒だったそうです。医務室でお休みのところでしたが、先ほどお聞きしてきました。十時ごろになると、彼女は『人と約束してるから』と言って帰った。カウンターで飲んでいらしたので、バーの方もその言葉を聞いていました。その後、夜中の一時ごろまで藤原さんはバーに残っておられたことも確認が取れています」

浦野は、さりげなく美咲にアリバイがあることを示した。

「ということは誰かが雅代さんをここへ……」

「呼び出したと考えられます。先ほど十時からのアリバイを聞いたのは、井上さんがこのバレエ団にいらした時間だからです。暗証番号を打ち込んで門扉と正面玄関が解錠されるようですね。その解錠時間から死亡推定時刻である十一時から十二時までの間で、みなさんにアリバイをお聞きしているわけです」

そうだったのか――

「だけど、もしここに犯人もいたのだとしたら、どうしてこんな方法を使ったんでしょうか」

「腕力がないのかもしれません」

「腕力……」

「そもそも毒薬を使うのは昔から非力な女性が多いんです。先入観を持つべきではないですが、犯人は女性である可能性が高いといえるでしょう。また、このような凶器を使う理由は、もうひとつ考えられます」

浦野は一度言葉を切った。

「犯人は、この凶器をただ置いておいただけだと言い張れる。それをたまたま被害者が拾い、亡くなってしまったと。その場合、殺人罪にできるかどうかは微妙なところです」

「そんな……」

「もちろんすべては可能性に過ぎません。まだ捜査は始まったばかりです。ですが犯人はとても頭がいい」

フロアに横たわった雅代の体がフラッシュバックする。思わず花音は目をつぶった。

「如月さん」浦野が、申し訳なさそうに切り出す。「先ほど他の団員の方に聞いた話では、今日ちょうどオーディションをする予定だったとか」

「そうです」

「井上さんを脅して一緒に入るなど、外部からの侵入者である可能性もありますが、オーディションに合わせたかのようなタイミングであることを鑑みると、スケジュールを知っていたバレエ団内部の方による犯行だと考えられます」

ぐらり、と目の前の光景が揺れた。このバレエ団の誰かが、雅代を——?

「ありえません。雅代さんを殺しても、誰にもメリットなんてないですから」

「朝比奈百合花さんという方と、もめておられたと伺ったんですがね」

どきりとする。ユリカが雅代にすごい剣幕で怒っていたシーンが脳裏に浮かんだ。

「だけど……そんなに大げさなことではありません」

浦野が手帳を数ページ遡る。

「ええと、昨日ですか、レッスン中に朝比奈さんが激しくののしったと聞いています。『役を取ろうとするなんて、図々しい』『わたしの前から消えて』『邪魔』……」

「確かにそういうやり取りはありました。プリマでいる重圧から噴出してしまうんです。だからといって殺したりするはずがありません」

「びっくりしたんですが、朝比奈さんは、被害者の井上さんによく似ておられますね。井上さんのご遺体を拝見した後、朝比奈さんにお会いしてドキッとしましたよ。朝比奈さんは井上さんに強いこだわりがあり、それが真似をするという形で表に出ていたのではありませんか？」

「逆です。ユリカが雅代さんにではなくて、雅代さんがユリカに似せていたんです。美咲さんもです」

「ああ確かに。髪を結っていらしたのでその時は思いませんでしたが。しかしなぜ？」

「ユリカは世界トップのバレリーナで、憧れなんです。特にふたりは代役に抜擢されていたので、外見も技術もユリカに近づきたかったのだと思います。だからユリカが雅代さんに強いこだわりがあったというのは間違いです。ユリカも、他の団員も、この事件には無関係です」

「もちろん外部の人間である可能性も捨ててはいません。脅迫状のこともありますし、渡辺総裁と野崎氏も、外部から妬まれていたようだとおっしゃっていましたから。どちらの線も捜査していきますので、ご心配なく」

犯人は〝カラボス〟なのだ、と花音は確信していた。

これまで手紙のなかだけにいた存在が、実体を持って脅かしてきた——

嵐の夜、スタジオでオーロラ姫を踊る雅代に、黒いフード付きマントをすっぽりかぶった不気味な人物が紡錘を手渡す——そんな場面が、まるで目撃したかのように脳裏に浮かび、思わず花音は身震いした。

＊

ロビーに戻ると、蘭丸たち以外は、団員が数名残っているだけだった。

「お疲れさま。座りなよ」

達弘がソファのスペースをあけてくれた。達弘の顔は暗い。梨乃も、怜司も、ユリ力も、みんな顔色を失っていた。

「みんなの聴取は終わったの？」

花音が聞くと、四人とも頷いた。

「だけど昨日何をしていたとか一方的に聞かれるだけで、何も教えてくれないんだ。雅代さんがどういう状況で亡くなってしまったのか――」

達弘が力なく首を振る。

「アリバイを聞かれるってことは、こ、殺されたってことなんですか？」

梨乃がしゃくり上げた。

「俺もアリバイを聞かれたときは驚いたよ。まさかって」蘭丸がため息をついた。「頭が真っ白になったけど、まず自分のアリバイをハッキリさせることが捜査の助けになると思って、何とか冷静に答えたよ」

「僕もです。蘭丸さんとラ・シルフィードに行っていたから、きちんと時系列を整理して答えられました」

「俺も昨日はたまたま梨乃の家にいたから良かったよ」

「だけどわたしと達兄ぃがバレエのDVDを観てる間に、雅代さんがひどい目に遭っていたんだと思うと……」

梨乃の語尾が濁り、嗚咽に代わった。

「わたし……疑われてるみたい」

ユリカが自虐的に鼻で笑った。花音はぎくりとする。

「よく衝突してたし……昨日もオーディションすることになって怒り狂ってたとか……そういう証言が、たくさん出たみたい」

「お前、アリバイは――」

達弘が心配そうに聞く。

「あるわけないでしょ。紅林総裁の家で寝てた。ひとりで」

「ユリカがそんなことするはずないのに」

梨乃が涙声で悔しがる。

「そんなこと言って……梨乃だって、わたしが殺したって思ってるんじゃないの？」

「思うわけないじゃない」

「そうかな。みんなだって、心の中では疑ってるんでしょう」

「俺たちは仲間だぜ。信じてるに決まってるだろ」

達弘がきっぱりと言った。

「――ありがと……」

ユリカは少しだけ嬉しそうに、そして安心したように微笑むと、照れ臭そうに
「……達兄ぃ」と付け加えた。ユリカにそう呼ばれるのは子供の頃以来だったからか、

達弘も少し照れ臭そうだ。

「それにしても……やっぱりカラボスからの手紙、関係あるのかな」

達弘が腕組みする。

「カラボスからの手紙？　なんですか、それは」

怜司がぎょっとする。達弘が、しまった、という表情をした。

「達兄ぃ、カラボスからの手紙って何のこと？」

ユリカも不安げだ。

「ごめん、花音。口が滑った」

達弘が両手を顔の前で合わせる。

「いいんです。こんな状況になったんだもの、話しておいた方がいいかも。実は……」

花音は、〝カラボス〟と名乗る人物から脅迫まがいの手紙が届いていることを話した。

「しおれた花びらがまきちらしてあったのは見たけど、脅迫状もあったなんて……全然知らなかったわ」

「カラボスからの手紙と、雅代さんの殺人に関係があるんですか？　警察は、そう見てるんですか？」

ユリカも怜司も青ざめている。

「まだわからない。ただ、つながってると考えるのが自然かもしれないわね」

「――雅代……？」

その時、吹き抜けの天井に、亡き者を呼ぶ声が響き渡った。

「雅代？　雅代？　どこ？」

その声は高く、頼りなく震えている。見回すと、事務室の隣の医務室から、美咲がふらふらと出てくるところだった。

「雅代？　どうしたの？　出てきてよ。どこにいるの？」

きれいに結っていたシニヨンは崩れ、顔色は悪い。ほんの数時間で、美咲は一気にやつれた気がした。

花音たち、そしてぽつぽつと残っている団員たちは、そんな美咲の様子に、どうしていいかわからず戸惑っていた。決して見つかるはずのない雅代の姿を探し求めている美咲に、誰も声をかけられなかった。

「雅代……」

一歩一歩、ゆっくりと、しかもはだしで、美咲が進む。ぺた、ぺた、と大理石のフロアに足音が響いた。しかしどんなに歩いても、雅代の姿はあるはずがない。進むたびに、その表情が切羽詰まってきた。しかし。

「――雅代!!」

急に大きな声を上げたかと思うと、美咲は目を輝かせた。

「雅代！　よかった、ここにいたのね」

嬉しそうに走り、抱きついた――ユリカに。

「どこに行っちゃったかと思った。びっくりさせないでよ。心配したじゃない」

ソファに座ったユリカの首に両腕を回し、きつく、きつく抱きしめている。さすがのユリカも、押しのけたりはしなかった。

「やっぱり生きてたのね。雅代が死ぬはずないもん。本当によかった――」

美咲は両腕をゆるめ、嬉しそうにユリカの顔を覗(のぞ)き込んだ。その瞬間、表情が消える。

「――違う。雅代じゃない」

弾(はじ)かれたように、美咲は体を離した。

「どうしてあんたがここにいるの。雅代はどこ。雅代を出してよ！」

「美咲さん、雅代さんは――」

怜司が肩に手を置くと、美咲はそれを振り払った。

「雅代、雅代！　一緒にステージに立つって約束したじゃない！　一緒にオーロラ姫を踊るって！　どこにいるの！　帰って来てよ！」

絶叫する美咲の目から、涙がこぼれ落ちた。

見ていられないほど、美咲の姿は痛々しかった。


花音と蘭丸と怜司とで、美咲を自宅まで送っていった。怜司は美咲の家に何度か行ったことがあるとのことで、道案内を買って出てくれた。

「僕なんて客演に過ぎないのに、すごく良くしてくれて。雅代さんと美咲さんと三人で、バレエ談義しながら、飲み明かしたこともあるんですよ。ね、美咲さん？」

タクシーの中で怜司はあえて明るく話しかけるが、美咲は放心状態で何もしゃべらない。ただ焦点の定まらない目で前方をみるだけだ。怜司は悲しそうな顔をし、それからは運転手に方向の指示を出すだけになった。

到着したところは、ごく普通のアパートだった。エレベーターもなく、新しくもきれいでもない、三階建てのアパートだ。

東京グランド・バレエ団でもスペリオール・バレエ団でも、チケット販売のノルマはない。それはアルバイトをしながらバレエ団に所属し、公演のたびにチケット代を負担するのが一般的であるバレエ業界を憂い、ダンサーたちの生活を安定させ、バレエに集中できるように、紅林総裁が月給制を導入してくれたからだ。

けれど、プリンシパルという立場であっても、決して高給とは言えないのだ。日々履きつぶし続けるトウ・シューズなど、経費も掛かる。それでも、雅代も美咲も必死で踊ってきた。質素な生活をしてでもバレエにすべてを捧げてきた――それが尊くなくてなんであろう。

美咲の部屋は三階だった。怜司と蘭丸で抱えるようにして階段を上る。リビングとダイニングキッチン、そして十畳ほどの部屋だった。リビングには移動式のバーが置いてある。朝バレエ団に行く前も、夜に帰って来てからも、そして週末も、そこで地道なレッスンをする美咲の姿が見えるようだった。

本棚にはバレエ関係の資料やDVD、古いVHSビデオテープなどがぎっしりと詰まっている。そして壁にはシルヴィアの現役時代のポスターが貼ってあった。憧れ続け、目標としてきたシルヴィア・ミハイロワ。演出してもらえるチャンスを、どうしても逃したくない気持ちが、ひしひしと伝わってきた。

いつも一緒だった雅代と美咲。

息の合った踊りで周囲を魅了してきた。

もう、二度と見ることができないのか――

花音の頬にも、あらためて涙がつたった。

「美咲さん、コーヒー飲みますか？」

美咲をソファに座らせると、怜司が優しく聞いた。美咲は、やはり答えない。

「じゃあ作っておきますね。気が向いたら飲んでください」

勝手知ったるとばかり、怜司はキッチンにあるコーヒーメーカーに粉や水などをセットした。

「おにぎりと弁当、あとスイーツ、冷蔵庫に入れときますから。コンビニのだけど」

また美咲が涙を流し始めた。号泣するのではなく、ただ静かに、はらはらと泣いている。悲しみが見ている者の胸に迫ってくる。

「花音さん、今日ここに泊まれませんか？　ひとりにしておくの、心配です。僕が泊まるわけにいかないんで」

「ああ、俺もそれがいいと思う」蘭丸も頷いた。

「そうするわ」と花音が頷きかけたとき、「わたしなら大丈夫」と美咲がぽつりと言った。

「ひとりになりたいの。もう帰って」

「だけど——」

「思い切り、泣いたりわめいたりしたい。そんな姿、誰にも見られたくない」

そう言いながら、美咲はソファから立ち上がって、ふらふらとベッドまで行った。ふとんにもぐりこんだとたん、枕に顔を押し付けて泣き始める。ひとりで悼みたいという気持ちはわからなくもない。

「じゃあ何かあったら、絶対に僕たちの誰かに連絡してください。何時でもいいです。絶対ですよ」

怜司が、布団の上から語りかけて念を押した。心配で心配で仕方がないようだった。

「じゃあ行きましょうか」

玄関先で靴を履いている間も、怜司は何度も何度も、ベッドの方を気にしている。

「あの、違っていたら悪いんだけど」花音は小声で尋ねた。「もしかして怜司くんて美咲さんのこと――」

「うわ、わかりますか？」

とたんに、怜司の顔が真っ赤になる。

「ああ、やっぱりそうか。すごい一生懸命だから、そうかなって俺も思ってた」

「内緒ですよ。こんな時ですから美咲さんを混乱させたくないんで。だけど落ち着いたら……」

玄関から出て、ドアを閉めながら怜司が言った。

「告白したいです」

「真剣なのね」

花音は施錠した後、ドアの郵便受けから鍵を滑り込ませた。三人で階段を下りていく。

「はい。ひたむきに踊る姿に惹かれました。三つも年下なんで、相手にされないかもしれないけど」

「そんなことないよ。うまくいくといいね」

「いつか花音さんと蘭丸さんみたいなカップルになりたいです。あと達弘さんと梨乃ちゃんカップル」

「ん？　達弘さんたちは違うよ。ただの幼馴染」

「あれ、そうなんですか？　いつも一緒だし、ふたりで踊ってると、すごい良い雰囲気なんで」

「あはは、違う違う。とにかく応援するよ」

「ありがとうございます」

はにかむ怜司の笑顔が眩しかった。こんな不安な時だからこそ、誰かが誰かを好きになるということが尊く感じられる。

美咲さん、あなたのことを大切に思ってる人がいるよ——

花音は美咲の部屋を見上げ、早く立ち直れますように、と祈った。

渡辺と野崎、シルヴィアと相談して、しばらくレッスンを自粛し、スタジオを閉鎖することになった。大切な仲間が、しかもスタジオで亡くなったとなれば、平常心で踊ることなどできない。

また、門の前にずらりと待機するマスコミを避けるためでもあった。『オーロラ姫殺人事件』などと、オーロラ姫の役ではなかったのにインパクト重視で面白おかしく書きたてられ、広まってしまった。

葬儀も終わり、渡辺から再びスタジオ開放のメールが来たのはマスコミ報道が落ち着いてからで、雅代の死から十日が経っていた。とはいってもレッスンの自粛は続いており、不安を抱えているであろうダンサーたちが集まって語り合える場所を提供する、という心のケア目的だった。

メールをもらってすぐ、花音はスタジオにやってきた。すでにほぼ全員が集まっていた。蘭丸、達弘、梨乃、怜司の姿もある。

もちろん誰も踊りはしない。私服のまま、ただスタジオの壁にもたれて、黙って座るだけだった。雅代が亡くなっていたAスタジオは、さすがに誰も使っていない。その隣のスタジオで踊るのさえ気がひける。何より、踊る気分になどなれない。

しかしすたすたと中央に進み出たユリカだけは、様子が違った。ユリカはレッスン着で、髪もシニヨンにまとめている。みんながあっけにとられるなかで音楽をスピーカーから流し、ストレッチをし、バーレッスンを始めた。

「さすがに……ちょっと非常識じゃない？」

誰かがひそひそ言い始める。

「よく平気な顔でレッスンしていられるわね」

「踊る気持ちになんてなれないはずよ」

ユリカが、キッと声のする方向を睨みつけた。

「公演が中止になると決まったわけじゃないわ。だったら練習をするべきじゃないの？　どんな時でも公演を成功させる努力をする。それがプロでしょう？」

「信じられない。仲間が亡くなったのよ？」

「仲間が亡くなろうが、それすらを糧にできるようになるべきよ。どうしてこの経験が踊りに深みを出すチャンスだと思わないの？」

それだけ言うと、ユリカは前を見据えて、バーレッスンを続けた。先日は弱気になっていたが、今はすっかり元のユリカに戻っている。

「仲間の死を糧にだなんて」

誰かが吐き捨てるように言った。

ユリカがショックを受けていないはずがない。けれどこれまでも、母親からの虐待、父親の孤独死など、辛さや悲しみを飲み込んで踊り、さらに成長を遂げてきた。だから今回も、彼女は踊ることで乗り越えようとしている。それは凡人には理解できないのかもしれない。そして天才は、どんどん孤独になっていく。

バーレッスンを終えてユリカが踊り始めると、ざわめきはますます大きくなった。

「最低よね」

「信じられない」

「やっぱり噂は本当なんだな」

「ああ……ユリカが殺したっていう」

もう噂になっていたのか——

注意しようと立ち上がったところで、花音の背後でドアが開いた。全員が息を呑むのがわかる。花音も振り向くと——美咲が立っていた。レッスン着を着て、やはり髪をきりりとシニヨンにまとめて。

「美咲……さん」

スタジオが静まり返った。

「みんな、おはよう！」

全員が凍りついているなか、美咲は軽やかな足取りで中央に進み出た。目は落ちくぼみ、頬はこけ、憔悴（しょうすい）しきっている。それでも美咲はストレッチを始めた。怜司がそっと隣に立つ。

「美咲さん……休んでいた方が……」

「だめよ。わたしが雅代の分も踊らないと……」

美咲は、怜司を振り切るように踊り始めた。それは当然のごとくリラの精でなく、オーロラ姫の振り付けだった。

さすがにユリカも踊るのをやめ、美咲がステップを踏むのをただ眺めている。

やつれきった顔に、蠟で固めたような笑顔が不気味だった。ジャンプはふらつき、ターンはおぼつかない。それでも彼女は踊り続ける――まるで何かにとりつかれたように。

「普通じゃないよ。美咲さん、いつもはあんな踊り方しないのに……」

怜司がはらはらしながら美咲を見ていた。何度もレッスンで相手役をしていたから、彼女の精神状態が手に取るようにわかるのだろう。

「危ない！」

ジャンプの着地でぐらついたのを、怜司がとっさに飛び出して支えた。美咲は呆けたように、体をだらりと怜司に預ける。

「美咲さん、とりあえず休みましょう」

「雅代……オーロラ……」

美咲はうわごとのように繰り返している。

「何か飲みませんか」

「いらない……」

美咲は怜司の体を押しのける。

「やめられないわ。わたし、絶対にオーディションに勝つんだもん。雅代のためにも、オーロラ姫を勝ち取ってみせる」

再び笑顔を張り付けて、ステップを踏み始めた。

「美咲さん」

騒ぎを聞きつけてやってきた野崎が、美咲に歩み寄る。

「公演は自粛する可能性もあります。ですので、無理をなさらず休んでください」

美咲は動きを止め、目を見開いた。

「自粛⁉ どうして？」

「大切な仲間を殺されたからです」

「そんな……じゃあ雅代とわたしは、いったい何のために踊ってきたの……？」

かろうじて残っていた生気が、すうっと美咲から抜けてしまったように見えた。笑顔は消え、目は輝きを失い、体がまるで抜け殻のように小さくなった。このまま命の火が消えてしまいそうだった。

「あくまでも可能性だから」

野崎を追ってきた渡辺が慌てて取り繕う。

「状況が許せば、もちろん公演は予定どおりするつもりよ」

「本当に？」

　ぱあっと美咲の顔が輝く。

「ナベさん、オーディションはいつ？　新しい日程を教えてよ」

「あ……そうねえ、いつにしようかしら」

　渡辺が助けを求めるように花音を見た。

「来週はどうですか？　今日と明日はおうちでゆっくり休んで、週明けからまた練習を始めましょう。ね？」

「そうね……それならいいわ」

　美咲はすっかり我を取り戻したように、しっかりと頷いた。

「じゃあ今日は帰りましょう。僕、送っていきますよ」

　怜司が美咲の腕を取る。

「ひとりで大丈夫よ」

　スタジオを横切りながら、美咲がひたとユリカを見据えた。

「わたし、負けないから。あなたを絶対に、オーロラ姫の座から引きずり降ろしてやるんだから」

　美咲の目は、らんらんと異様な光を放っている。耐え切れないといったように、ユリカが顔をそらした。

ひとりで帰れると言い張り、美咲はタクシーで帰った。門の前でテイルランプを見送りながら、渡辺がため息をつく。

「相当まいってるわね。大親友だったんだもの、仕方ないわ」

「ナベさん、さっきの自粛って……」

おずおずと蘭丸が聞く。花音にとっても、自粛の話は初耳だった。

「まだ確定ではないけど……雅代がこんな殺され方をしてしまったのに続けるのは、不謹慎な気がして」

「そうですか……」

「ただ、さっきの様子を見ると、しばらく美咲には伏せておいた方がいいわね」

「そうですね。今、美咲さんの精神状態はぎりぎりのところにあると思います。公演がなくなれば張り合いをなくして、どうなってしまうかわかりません」

野崎は相変わらず淡々としているが、声は沈んでいた。

「中止か……残念だな」

怜司がうつむいた。

「怜司くんにも申し訳なかったわね。せっかく客演に来てくれたのに」

「いいえ……仕方ないです」

「公演……なくなっちゃうのね、カラボスのせいで。悔しい」

泣きじゃくる梨乃の頭を、達弘が慰めるように撫でている。

花音自身も泣きそうだった。

わたしたちは仲間を失い、公演も失おうとしている。

夕陽の中で色とりどりの花が咲き乱れ、夢のように美しいヨーロッパ風庭園。花音の脳裏に、血のように散らされた薔薇の花弁がフラッシュバックする。

そう。

あれがすべての悪夢の始まりだったのだ——


蘭丸と怜司と軽く夕食を取り、家に帰った。

いろいろなことを考えて眠れなかった。

雅代の死。美咲の悲嘆。カラボス。そして公演の中止——

梨乃の涙を思い出す。達弘も、蘭丸も、怜司も泣きだしそうな顔をしていた。花音だって泣きたかった——

花音はハッとして、暗闇の中で起き上がった。

バレエ団の中で事件が起これば、公演ができなくなる。団員たちは全員、シルヴィアの演出で踊るチャンスを逃したくない。

ということは、犯人は団員ではありえない。もちろんユリカでもない。

悲しかったが、それは救いだと思った。

朝いちばんに、浦野刑事に連絡して伝えよう。外部の犯行で間違いないと。

そのことでホッとしたのか、やっと眠気がやってきた。

浅い眠りの中で、スマートフォンの音が聞こえた。目を開けると、カーテンの隙間から明るみ始めた空が見える。寝ぼけたまま、着信も確認せずに通話ボタンを押した。

——花音ちゃん！

渡辺だった。緊迫した声。ただごとではない。一気に目が覚めた。

「ナベさん？　どうかしたの？」

——ああ、どうしよう、どうしよう……。

花音は目をぎゅっとつぶる。次に来る言葉を予感し、怖くなった。

——ユリカが……ユリカが殺されたの……！

9

ユリカの死体は、滞在先である紅林総裁の邸宅の練習スタジオで、通いのメイドに発見されたとのことだった。パニックになって渡辺に電話があったらしい。

タクシーで迎えに来た渡辺と共に、警察へ向かう。

ユリカが殺された──

信じられなかった。体が震える。

警察署に到着すると、霊安室へ案内された。小さな部屋の中に、真っ白いシーツのかかった台がある。人の形をしたふくらみ。シーツの端から、長く美しい金髪が流れるように落ちていた。

この下にユリカが眠っている──

足元から崩れおちそうになった。渡辺の嗚咽が、狭い霊安室に響き渡る。

「わたし……見られないわ。とてもじゃないけど、確認なんてできない……！」

渡辺が泣きじゃくりながら首を振る。係官が気の毒そうに、

「落ち着かれてからにしましょうか。浦野刑事もこちらに向かっています。それからでも大丈夫ですよ」

と言った。

その時、場違いなほど軽快なメロディが鳴った。花音のスマートフォンだった。電話を切ろうとポケットから出して、手が止まった。達弘からだった。

達弘に、いったいどう伝えればいいのだろう──

「失礼します」

係官に言い、花音は通話ボタンを押す。達弘に最悪なニュースを伝えなければならないと思うと、胸が痛んだ。

「達弘さん？ あのね……」

――よかった、出てくれた。ごめんな、休みなのに朝早く。

達弘の声は明るい。外にいるのか、風の音や足音などが聞こえる。

「達弘さん、実は……」

――いや、俺はもうちょっと待てって言ったんだよ。レッスン日、花音は六時起きとか当たり前だから、ゆっくりさせてやれって。

「実はユリカが……」

そこで言葉が詰まった。涙があふれて、声が出ない。

――ん、どーした？

周囲の音がうるさいのか、花音が泣いていることまではわからないようだ。

「ユリカのこと、どう説明したらいいか……」

――良かった、やっぱりユリカの家……っていうか紅林総裁の家のこと、花音は事情を知ってるんだね。じゃあユリカに説明してやってよ。こいつ、家に帰ってきたら規制線が張られてて入れないって俺に電話して来てさ。まだ寝てたのに叩き起こされて。で、来てやったんだけど、確かに黄色いテープが張ってあるんだよ。これ何？

雅代さんがらみで、総裁の家も調べるの？

「実は総裁の家で、ユリカが、あの、亡くなっ――」

――ごめん、ちょっと聞こえない。ユリカに代わるな。

ユリカに？

話が見えない、と思っているうちに、「もしもし？」と聞こえてきた。

――ねえ、どういうこと？　どうして警察の人がここにいるの？　家に入れてもらえないんだけど。

「――ユリカ……？」

花音の声に、渡辺が驚いて視線を向ける。

――何があったか聞いても教えてくれないし。ここに泊めてもらってるって言っても、怪しんで信じてくれないの。だからナベさんにも何度も電話してるんだけど、全然通じないし。

「本当にユリカなの？」

――もう、やめてよ、花音まで。

「達弘さんに代わってください」

すぐに達弘が出た。

――花音からナベさんに連絡つかないかな。ユリカがここに本当に泊まってるって、警察の人に証明してもらいたいんだよ。

「今のは本当にユリカなの？　ユリカは生きてるの？」

――当たり前じゃないか。どうしたんだよ、花音。

「ごめんなさい、かけ直します」

花音は信じられない思いで電話を切った。

「花音ちゃん、ユリカが生きているって本当？」

渡辺が、震える声で聞く。

「そうみたいです。今、話しました」

「ああ、よかったわ」

渡辺が涙をぬぐう。

「はい、本当に良かったです――でも……」

花音は、ふたたびシーツをかけられた台に視線を移す。傍らに立つ係官も、困惑の表情を浮かべていた。

ユリカが生きているのなら、この女性は……？

「では、ご遺体は朝比奈さんでなく、藤原美咲さんだということですね」

警察署の小部屋で、花音と渡辺は駆けつけたばかりの浦野刑事に向かい合っていた。

「ユリカがあの家に宿泊していたので、メイドさんからパニックになって電話があったとき、そう思い込んでしまいました。霊安室ではシーツがかかっていましたけど、同じ金髪だったので、てっきり」

ユリカが生きていたと喜んだのも束の間、亡くなったのは美咲だとわかり、ふたたび花音と渡辺は涙に暮れていた。

「ああ、あえて朝比奈さんに似せておられたのでしたね。藤原さんの周辺ではトラブルなどありませんでしたか？」

「ありません」

「でも藤原さんも……朝比奈さんともめていらしたんですよね」

「――はい」

「あの家は、どなたのお宅なのですか？」

「このバレエ団の前総裁の私宅でした。今は資料や小道具などの置き場としてバレエ団で管理しているので、団員は各自与えられている合鍵で自由に出入りできます。今回は、海外から来ているユリカが長期滞在できるようにしていました」

渡辺が答えると、浦野が「ふむ」と眉を上げた。

「あそこで朝比奈さんが寝泊まりされているとのことですが、なぜ昨夜はいらっしゃらなかったのでしょう」

「さきほど電話をして聞きました。日本のネットカフェが珍しいので、宿泊してみたそうです」

「なるほど。藤原さんも、あのお宅に泊まることはあったんですか?」

「いいえ、ありません」

「――ない?」

「通常は宿泊施設としては使っておりません。今回は海外からのお客様だったので、特別です」

「そうですか……もしも朝比奈さんが家に呼び出したら、藤原さんは応じると思われますか?」

「やっぱりユリカを疑っているんですか?」

花音の声が怒りで震える。

「そうは言ってません。しかし……朝比奈さんともめておられた方が、立て続けに殺されたとなると、何かしら関連はあるのではないかと疑うのは自然でしょう」

「だけど……それぞれ別の犯人かもしれません」

渡辺は言い、その自分の発言にヒントを得たように、さらに続けた。

「そうよ……たまたま事件が続いてしまったけれど、犯人は全く別なんだわ。紅林総裁の家に、強盗でも入ったんじゃないんですか」

浦野は黙って聞いていたが、言いづらそうに口を開いた。

「実はですね、同じ凶器が発見されたのです」

「——え?」

まさか。

「紡錘、ですか。それでやはり手を刺しておられました」

「……そんな、じゃあ」

「強盗ではなく、同一犯に間違いないでしょう。そして前総裁の家が現場となると、外部の人間でなく、自由に出入りできる内部の人間だと考えるのが自然です」

「でも……でも」

花音は、昨夜閃いたことを思い出した。

「団員では絶対にありえません。断言できます」

「なぜですか?」

「団員にとって、この公演は大きなチャンスです。一生に一度、あるかないかというレベルです。この公演を逃したら、この先二度とシルヴィア・ミハイロワの演出で踊ることはない。そのようなチャンスを、潰すような真似はしません」

「しかし、それはそのまま朝比奈さんの動機になるのではありませんか? 一世一代のチャンスだからこそ、朝比奈さんは固執しておられた。オーディションで主演を外されるわけにはいかないと考えて、ライバルである井上さんと藤原さんを手にかけた」

「ちょっと待ってください。そんなこと——」

「まあ、あくまでも可能性の一つです。さすがにあからさま過ぎるという気もしますし」

「もしかしたら、誰かがユリカを陥れようとしているのかしら」

渡辺の言葉に、浦野は腕を組んだ。

「うーん……もしも陥れるだけなら、お二人を殺さなくてもねえ。リスクが高すぎますし、それに、身も蓋もない言い方をすれば、ユリカさんご本人を狙った方が早いでしょう」

確かにそうかもしれない。でも——

「いずれにしても、ここの団員ではないということは確実です。この公演を絶対に潰したくないという強い思いは共通ですから」

「なるほど……心に留めておきます」

あまり納得していないような顔で、浦野は頷いた。

「もしも外部の人間だとすると、お心当たりはありますか？」

「大勢からねたまれていることは確かですが……さすがに二人も殺すとなると……」

「恋愛関係はどうでしょうか」

「あまりプライベートな話はしなかったので……ただ、美咲さんを好きだという男性はいますけど」

「ほう、どなたですか？」

「坂崎怜司さんです」

浦野が手帳をめくる。

「ああ、客演の方ですね。坂崎さんが、藤原さんを好いておられたと？」

「はい」

「なるほど……井上さんと藤原さんとの三角関係のもつれなどはあり得ますかね」

浦野が言い、しかしすぐに、

「いや、坂崎さんには井上さんの事件のとき、アリバイがあるのか」

と残念そうに言った。

「ところで如月さんは、昨夜の午後七時から午前三時まで何をしておられましたか？」

「八時から九時ごろまで蘭丸と怜司くんと夕ご飯を食べて……それから帰りました。自宅に戻ってからは証明できる人なんていませんけど」

「いえいえ、今のところはそれで結構ですよ」

「今回は、どうしてそんなに時間帯が広いんですか？」

「スタジオのように、出入りの時間がわかりませんのでね。昨日メイドさんが帰った夜七時には、練習スタジオに紡錘などなかったと言っている。だからそれ以降、そして死亡推定時刻の夜中の三時までの時間帯で考えるしかないんです。もちろん置いていっただけなのか、会って手渡したのかはわかりません。ただ、七時以降だということは確かですから」

「だけど、どうしてわざわざ紅林総裁の家なのかしら」

渡辺が言った。

「そこなんですよねえ」浦野はボールペンで耳の後ろを掻く。「総合すると、どうしても朝比奈さんが疑わしくなってしまうわけです」

「でも、今回はネットカフェにいたんです。はっきりとしたアリバイですよね」

「確かにそうなんですが……どうしてその日に限って、と穿(うが)った見方もしてしまいます。アリバイがなくても当たり前の時間帯に、わざわざネットカフェなんて。今、外出していた時間がないか、調べていますがね」

「じゃあ結局は疑って……」

「いえ、先ほども申しましたように、あくまでも可能性の一つとしてです。もちろん、他の方の事情聴取も引き続き行いますので、ご心配なく。バレエ団周辺、また紅林邸周辺の聞き込みも続けていきます」

「お願いします……必ず……必ず犯人を見つけてください」

渡辺が泣きながら、深く頭を下げた。

10

事情聴取で慌ただしく時間は過ぎ、今度は『オーロラ姫連続殺人事件』となってゴシップ的に書き立てられる中、スタジオに団員が集められたのは美咲の死から三日後だった。

フロアには、泣き崩れる怜司の姿があった。

「やっぱり一緒にいればよかった。そばを離れるべきじゃなかった」

拳で自分の膝を叩きながら、むせび泣いている。痛々しくて、とても見ていられなかった。そんな怜司を慰めるように、蘭丸と達弘、そして梨乃が取り囲んで座っている。花音もそっと、そこに加わった。

立て続けに仲間を二人も失ったのだ。他の団員たちも、ただ茫然と、所在なげにフロアに座っている。

「みんな、集まってくれてありがとう」

渡辺と野崎が、前に立つ。

「まず最初に、雅代と美咲に黙禱(もくとう)をささげましょう」

目をつぶり、静かな時間が流れた。しばらくすると、渡辺が口を開いた。

「実は、雅代が亡くなった時から考えていたことなんだけど……公演は、正式に中止とします」

渡辺の声が、しんとした部屋に通った。誰も何も言わなかった。すでに心の中で覚悟をしていたのだろう、ただ厳粛に受け止めている。しかし突然、輪の中から、声が上がった。

「理解できないわ。わたしたちは何も悪くないのよ。中止にする必要なんてない。やるべきよ」

ユリカだった。渡辺が「気持ちはわかるけれど」と答える。

「犯人も捕まっていない。事件も解決していない。とてもじゃないけれど、このまま進めるなんてできないわ」

「お二人も犠牲になってしまったことを、我々は非常に重く受け止めています」

神妙な表情をした野崎が続ける。

「そして公演を中止にした場合、財務的な面では非常に厳しくなります。残念ですし、みなさんにも申し訳ない気持ちでいっぱいですが、渡辺総裁と相談した結果、このままこのバレエ団を継続維持していくことは難しく、解散も視野に——」

「ま……待ってください」

後方のドアのところに、年配の男女が立っている。美咲の両親だった。これまでの公演を観に来ていた時、何度か花音も挨拶したことがある。美咲は北海道出身なので、そちらに戻ってから葬儀を執り行うと聞いていた。父親と母親は団員たちの間を縫って、野崎と渡辺の前に進み出た。

「これから美咲を連れて北海道に戻るので、ご挨拶をと思い伺わせていただきました。声が聞こえたのでここまで上がってきましたら……公演は中止して、しかも解散だなんて」

母親が言い、父親も続けた。

「そんなことしないでください。美咲が悲しみます」

「しかし、今回のことは我々も責任を感じており――」

野崎の言葉を、美咲の父親が遮る。

「悪いのは犯人です。命を奪われ、そのうえ公演まで奪われるとなったら、娘が浮かばれません」

「お願いです。このバレエ団がなくなってしまったら、娘の生きた証がなくなってしまう。娘は、この公演を楽しみにしていました。どうか、娘を想ってステージで踊ってやってください」

二人が深々と頭を下げる。

「お顔を上げてください」

渡辺が慌てて、顔を上げさせる。

「お気持ちはとてもありがたいです。しかし我々の一存では――」

「もしかして……雅代さんのご両親が難色を示していらっしゃるんでしょうか」

母親が心配そうな顔になる。

「いいえ、実は……あちらのご両親からも、公演は行ってほしいと言っていただいてます。自分のせいで公演が中止になってしまったら、天国の雅代さんに怒られると」

部屋がざわつく。花音も知らなかったので驚いていた。

「まさに我々と同じ気持ちです。では是非――」

「ただ……スポンサーのご意向もありますので。そちらを確認してみませんと、なんとも」

申し訳なさそうに野崎が言った。

「……わかりました。ですがどうか、前向きにお願いします」

二人が再び頭を下げる。そして今度は、団員たちの方にも頭を下げ始めた。

「お願いします、みなさん、どうかお願いします。お力を貸してください」

彼らの必死な姿に涙を誘われる。あちこちですすり泣きが聞こえた。

結局、これからスポンサーと話し合うということで納得し、美咲の両親は帰っていった。

「だから言ったじゃない。中止にする必要なんてないって」

両親が帰ったとたん、ユリカが口を開いた。

「ご両親にははっきりと言えませんでしたが、ほとんどのスポンサーは撤退を表明しています。海外でもスキャンダルのような記事が出回っていますのでね」

「だけど、こっちは被害者なのよ。堂々と踊ってなにが悪いの？」

「しかし……」

「野崎さんは交渉が得意でしょう。もう一度、なんとか話を通してよ。みんなはどうなの？　踊りたいでしょ？」

ユリカがぐるりとスタジオを見回す。

「雅代さんと美咲さんのご両親が賛成して下さってるんだったら、わたし……踊りたい」

「そうよね。ご遺族の意向なら許されると思うわ」

「俺だって踊りたいよ」

「シルヴィア・ミハイロワの演出――一生に一度のチャンスなんだから」

あちこちで声が上がる中、誰かがスッと立ち上がる。怜司だった。

「僕もステージに立ちたいです。美咲さんは、命を懸けてまでこの公演で踊りたがっていた。中止だなんて、きっと悲しみます。僕は、美咲さんの魂と共に踊ります」

怜司の言葉の重みに、スタジオが静まり返る。野崎がふうっと息を吐いた。

「わかりました。早速、スポンサーの方々を回ってきます。保証はできませんが」

やった、と拍手が起こる。

「よかった。野崎さん、よろしくね」

ユリカも笑顔になった。

「スポンサーの方々へのご説明とお願いは野崎さんに任せるとして、少しでも可能性があるなら、わたしたちはレッスンだけでも始めませんか？」

花音が立ち上がった。花音だって、公演ができるのなら、その方がもちろん嬉しい。

わあっと歓声が上がる。しかし。

「俺は反対だな」

強い声があがった。それが達弘だったので、花音は驚く。

「わたしもです」

梨乃も言った。

「梨乃ちゃんまで。どうして？」

ついこの前は、公演が中止になるかもしれないと聞いて泣きじゃくっていたのに。

「また何か起こるかもしれないじゃないか」

「達兄ぃに賛成です。犯人を刺激しない方がいいと思うんです」

「逆よ。これからわたしたちは警戒を強める。狙えるわけがないじゃない。今の方が安全だわ」

ユリカが二人の前に立つ。

「だけど――」

「シルヴィア・ミハイロワがこのバレエ団で演出をしてくれるのは、最初で最後かもしれないのよ――ううん、きっと最後になるわ。そのチャンスを、みんなから奪ってもいいの？　あなたたちにそんな権利はないわ」

ユリカが両手を広げて、スタジオにいる団員を示した。鋭い視線が、達弘と梨乃に集中している。

「……わかったよ」

達弘は梨乃と顔を見合わせ、諦めたように首を振った。

11

レッスンの再開は、早速次の日からとなった。開始時間前から大勢が集まり、ウォームアップにいそしんでいる。

「やっぱりみんな、踊りたかったんだな」

スタジオを見回して蘭丸が嬉しそうに言った。

シルヴィアのレッスンが始まる。先に怜司とユリカがあわせることになり、蘭丸は花音と共にスタジオの隅で休憩していた。

「あー、俺たちも休憩」

「疲れたー」

達弘と梨乃も汗を拭き拭き隣にやってきて、水分補給する。

休憩しながら、みんなで怜司とユリカが踊るのを見ていた。と、回転していたユリカが倒れそうになり、あやうく床に激突というところで怜司が引き上げる。

「おい!」

達弘が血相を変えて、怜司に駆け寄る。

「危ないじゃないか。何やってんだよ、しっかり支えろよ!」

「あ、僕は――」

「お前がふらふらしてるからだろ! ユリカが怪我でもしたらどうするんだ」

「やめてよ。怜司に変な言いがかりつけないで」

ユリカが割り込む。

「ちゃんと見てたらわかるはずよ。今のはわたしの軸足がずれたの。怜司は少しも悪くない」

「それでもプリマにあんな倒れ方をさせるのは、パートナーの責任だ」

「いい加減にしてよ。ひどい言い方。怜司は、美咲さんを失ったばかりなのよ？」

「なんでかばうんだ。いつものお前なら『喪失さえも乗り越えろ、バレエに生かせ』とか無茶を言うくせに」

「——達兄ぃって最低ね。怜司、続けましょう。ごめんね、いやな思いをさせて」

「とんでもない、正しいのは達弘さんです。どんな時でもプリマを支えるのが僕の仕事なのに、あのまま倒れていたら怪我をさせていたかもしれない。達弘さんが怒るのは当然だし、僕も自分に腹が立ちます。もっとしっかりします。本当に申し訳ありませんでした！」

怜司が頭を下げる。達弘の顔も潰さず、かといってユリカの神経も逆なでしない。怜司の潔い謝罪のおかげで、険悪な雰囲気にならずに済んだ。

それにしても——と花音は思う。今のきつい言葉も厳しい態度も、達弘らしくなかった。達弘は、ずっとユリカから目を離さない。レッスンの間も、まさに張りついているという言葉がぴったりなほどだ。ずっとピリピリしている。

「いくらまた何か起こるかもっていっても、さすがにスタジオにいる間は大丈夫でしょう」

蘭丸があきれるが、達弘は「心配だから」と受け流す。思いつめたような顔をしているることも増えた。ジョークもほとんど言わない。以前の達弘とはまるで別人だ。なにか心境の変化が起こったのだろうか。まるで、怜司に嫉妬して当たり散らしているように見える。

なにげなくそこまで考えて、ハッとする。嫉妬？　まさか。恋人でもないのに。ユリカのことは妹のように思っているはずだ。そう、達弘と梨乃の関係のように。

ふと梨乃を見ると、いつものおっとりした雰囲気からは考えられないような厳しい表情で、ステップを踏むユリカを睨みつけている。見てはいけないものを見てしまったような気がして、目をそらそうとした。が、その前に梨乃がこちらを向き、目が合う。にこっと花音に笑いかけてきた。

普段と変わらない、可愛い梨乃。だけど、慌てて取り繕ったような笑顔に見えたのは気のせいだろうか。

胸がざわざわする。

なんだろう、この違和感は――

「レイジとユリカはここまで。次はランマルとリノにしましょう」

シルヴィアが言った。

怜司とユリカと入れ違いに、蘭丸と梨乃がフロアの中央に行く。雅代と美咲のあとを引き継いで、梨乃がオーロラ姫の代役となっていた。ユリカが蘭丸と怜司両方と合わせるのが大変な時には、梨乃が大活躍している。

代役としてシルヴィアの指導を密に受けるようになってから、梨乃のバレエにはさらに磨きがかかった。北京への留学で伸びた実力がますます洗練され、どんなパも確実に、かつ優美でしなやかになっていく。梨乃の成長には、シルヴィアも手ごたえを感じているようだった。そもそも北京のバレエ市場は、旧ソ連からの優秀な講師たちによって拓(ひら)かれてきた。その影響は現在にも色濃く残っており、梨乃が習得してきたメソッドはロシア出身のシルヴィアにとってなじみ深く、また的確な指導をしやすいに違いない。

いつか代役でなく、ステージで梨乃のオーロラ姫を見てみたいと思いながら、花音は眺めていた。

達弘がスタジオの隅で自分の振りを確認している隙を見計らうかのように、ユリカが花音のところにやってきた。

「この先、達兄ぃが何を言っても信用しないで」

達弘の視線を気にしながら、ユリカが小声で早口に言った。

「——え？」

「とにかく達兄ぃを信じないで。嘘つきだから」

それだけ言うと、聞き返す間も与えず、花音から離れた。

達弘さんが嘘つき……。

警戒するように達弘を見つめている——いや、睨みつけているユリカを、花音は不穏な気持ちで眺めた。


午後のレッスンも終盤になり、小休憩に入る。それぞれ手洗いへ行ったり、水分補給したりしていると、突然子供がひとり、ぴょこっと顔を出した。

「びっくりした」

水を飲んでいた蘭丸が軽くむせる。

「どこから来たのかしら」

花音も首をかしげていると、子供が次々に入ってくる。ざっと三十人ほどになり、スタジオは一気ににぎやかになった。

幼稚園児から小学校二年生くらいの幼い男の子と女の子だ。子供たちは好奇心いっぱいのきらきらした目で、スタジオやダンサーたちを見回している。

「昔のわたしも、あんな感じだったのかも」

梨乃が目を細め、懐かしそうに微笑んだ。

手洗いから戻ってきたユリカが、ドアを開けた途端、子供たちを見て硬直する。

「やだ、なにこれ。子供がたくさんいるじゃない」

心から汚らわしそうに吐き捨てた。一方、子供たちは「うわーお姉ちゃんきれい！」「お人形さんみたい！」「髪が金色だー」などと言いながら、無邪気にユリカを取り囲む。

「やめてよ、来ないで」

ユリカは追い払うが、子供たちはおかまいなしで、手を握ったり、足にまとわりつく。

「なんでいやがるんだよ。みんな可愛いじゃないか」

ユリカの隣で、達弘が顔をほころばせた。

「わたし、子供って大嫌いなんだもの。汚くて、うるさくて」

「ちゃんと接したことないからじゃないか？」

「ああもう、触らないでったら！　邪魔よ！」

ユリカがヒステリックに叫び、振り払うように両足を踏み鳴らした。はしゃいでいた子供たちがピタッと口をつぐむ。泣き出しそうな子を、怜司が「ごめんごめん。さ、向こうで座って見ようか」と抱きあげ、隅へ連れて行った。

しょんぼりした顔で、子供たちが壁ぞいに体育座りで座っていく。にぎやかだった雰囲気が、水をかけたように沈んだ。

「ユリカ、あんな言い方ないだろ？」

「何度言ってもわからないから、ああなったのよ」

「だけど相手は子供なんだからさ、もうちょっと……」

「嫌いなものは嫌い。しょうがないでしょ。さあ、早くレッスンに入りましょうよ。やだ、まさかと思うけど、この子たちレッスンの間もいるんじゃないでしょうね」

ユリカが不機嫌そうに眉を寄せたとき、野崎がやって来た。

「今日はスポンサーさまのご要望で、ご子息やご令嬢、お孫さんにレッスンの見学をしていただくことになりました。キッズ・ファーストの本番の参考にもなりますし、ちょうどいいかと」

「スポンサーの……？　ということは」

「はい」野崎は自信たっぷりに頷く。「どの企業さまも、スポンサーシップの継続を約束してくださいました」

やったー!!　大歓声が沸き、みんな文字通り飛び上がって喜んでいる。

「スポンサーの子供か。じゃあ仕方ないわね。公演ができるなら、いくら嫌いでも我慢するわ」

ユリカがやれやれと首を振った。

「そのかわり、ユリカ・アサヒナがオーロラ姫として必ずステージに立つことが条件だと、念を押されました。ユリカさん、よろしく頼みますよ」

「ええ、任せといて」

ユリカがくるりと回ってレヴェランスをすると、子供たちがわあっと手を叩いた。

「みんな、いいかな？　これからレッスンを見せてもらうからね。その後はバレエ団の中のいろんな部屋も見学するよ。終わったらジュースをあげます。だから静かに、おりこうにしてるんだよ。いいね？」

野崎の言葉に、子供たちが「はーい」と手を挙げた。意外と子供のあしらいがうまい。

渡辺がシルヴィアを連れてきた。シルヴィアが子供たちに「コンニチハ」と片言の日本語で挨拶すると、子供たちがまた笑顔になる。

「やっぱり婚礼の場面がいいかしらね。赤ずきんや狼、シンデレラ――子供たちが大好きなお話の登場人物が出てくるから」

シルヴィアの言葉を渡辺が通訳すると、わあっと子供たちから拍手が起こった。

「ああ、うるさい」とユリカが小さく舌打ちする。

「だけど、レッスン着じゃ子供たちには誰がなんのキャラクターか、わからないんじゃないか？」

　蘭丸が言う。

「確かに。衣装があって初めて、赤ずきんってわかるんですもんねえ」

　梨乃も大きく頷いた。

　そこへ、奈央が衣装ケースを抱えて入ってきた。

「あーよかった、間に合った。子供たちが見学に来るって聞いて、衣装の一部を使わないかなあって思いついて持ってきたの。赤ずきんの赤いケープ、狼のかぶりもの、シンデレラのティアラ、オーロラ姫のティアラ、王子のベスト——特徴的なものだけでいいでしょ？」

　あまりのタイミングにみんながぽかんとする中、次々と奈央がケースから取り出していく。はたと奈央の手が止まった。

「あれ、もしかしてお邪魔だった？　必要ない？」

「ううん、その反対！」

　梨乃が奈央に走り寄る。

「ちょうど今、あったらいいねって話してたところ！　やっぱり奈央さんって天才！」

「えへへ、そう？」

　照れながら、奈央がティアラやかぶりものなどを配る。赤ずきんがケープを着て、狼が頭をつけると、子供たちは大喜びだ。やはり視覚的なものは大切だと花音は痛感する。ユリカがティアラをつけると、特に大きな歓声があがった。

「いい感じね」シルヴィアも満足げに頷く。「では始めましょう」

シルヴィアの合図で音楽が流れる。赤ずきんと狼の登場に、子供たちは大声で笑ったり、手を叩いたりと大はしゃぎした。シンデレラとフォルチュネ王子のペアが踊り始めると、今度は見惚れるように前のめりになる。バレエを観たことも習ったこともない子たちがこんなに夢中になってくれるなんて。花音は心から嬉しくなった。

オーロラ姫と王子のグラン・パ・ド・ドゥを最後に婚礼の場面が終わると、子供たちがいっせいに拍手した。ダンサーが一列に並び、小さなお客様に向かってレヴェランスをする。レヴェランスの時は、ユリカもプロらしく美しい笑顔を作っていた。

子供たちがまだはしゃいでいるなか、シルヴィアが野崎に言った。

「やっぱり衣装をつけて踊るとさらにインスピレーションが湧くわね。できれば近々、実際の劇場でドレスリハーサルをしたいわ。場当たりもしたいし、床の感触も確かめたい。ノザキ、できるかしら」

「公演日以外に実際の劇場を借りるのはさすがに予算的に無理ですね……あ、いや、待ってください。僕に考えがあります」

スマートフォンでどこかにダイヤルしながら、野崎がスタジオを出ていった。

「じゃあ、次は工事してピカピカになったばかりの衣装部屋を見に行きますよー」

奈央が声をかけると、子供たちが元気よく立ち上がった。

「おにいさん、おねえさん、ありがとうございました」

前もって練習していたのだろう、全員そろって頭を下げる。渡辺と奈央に先導されてちょこまかと出て行く姿も微笑ましく、なんだかスタジオの空気が柔らかくなった。

「礼儀正しい、いい子ばかりだったな、ユリカ」

ユリカは達弘に答えず、ぷいっと壁のバーまで行ってしまった。

子供たちと入れ違いで戻ってきた野崎は、「オーケーです。週明け月曜日の午後、取れました」とシルヴィアに言った。

「週明け？　本当に？」

さすがにシルヴィアも驚く。

「ええ。週末まで公演している劇団があるんですが、月曜日が搬出日だそうです。休憩時間に使わせてもらえることになりました。先方も、公演日じゃなくても丸一日の料金を払わなくてはならないので、数時間分を我々がお支払いすると申し出たら喜んでましたよ。我々としても安く借りられてウィンウィンです」

雅代と美咲のことで憔悴していた野崎だったが、いつもの調子を取り戻したようだ。

花音はホッとする。

「野崎さんは本当にアイデアマンですねえ。行動も早いし」

「この程度の交渉事、大したことありませんよ。ただし最大で二時間ですが」

「それだけあれば充分よ。第三幕の婚礼だけできればいいわ。最初の一時間をレイジ、次の一時間をランマルでやりましょう」

実際の劇場でのリハーサルにみんなが喜ぶ中で、達弘だけが「気がのらないなあ」とため息をついた。

「また水を差すようなことを言うのね」

ユリカが達弘を睨む。

「まだ犯人は捕まってないんだぜ？　つけ入る隙を与えない方がいい」

ユリカは鼻で笑った。

「ああ、カラボスのこと？　大勢がいるところに現れるわけがないじゃない。もしも本当にカラボスが目の前に現れたら、やめてやってもいいわ。まあ、都合のいいことばかり言って、本当はわたしを踊らせたくないだけなのよね。わかってるんだから」

ユリカはゆっくりと、意味深な視線を達弘に、それから梨乃に向けた。梨乃は慌てたように顔を伏せる。

やっぱり不自然だ。

この三人の間に、何が起こっているんだろう——

12

週が明けて、いよいよドレスリハーサルの日になった。

午前中のレッスンを終え、みんないそいそと劇場へ向かう。劇場での采配は野崎と渡辺に任せ、花音は衣装部屋から衣装を運び出したり、奈央のバンに載せるのを手伝ったり、戸締りを請け負ったりした。リハーサルの婚礼シーンでカラボスは座っているだけなので、花音は雑用を済ませてから最後にバレエ団を出発することになっていた。

やっと劇場へ向かおうと門を出ると、浦野刑事とぶつかりそうになる。

「まあ、どうされたんですか？」

「やあどうも。今日も聞き込みですよ」

浦野が近隣を見回した。

「現場周辺には事件直後だけでなく、何度もお話を聞きに来るので。紅林総裁のお宅周辺でも同じです」

「そうですか。ご苦労さまです」花音は頭を下げる。「あの……あれから捜査の進展はあったんでしょうか」

「色々な意見が捜査本部でも出ておりますが……率直に申し上げて、やはり内部の犯行というのが濃厚です」

「……カラボスはわたしたちの中の誰かだと？」

「逆に内部の方でないと考えるには、色々と無理があると思うんですがねえ」

「そんな……外部の方への捜査はしていただけたんですか？」

「もちろん続けています。担当者が話を聞きに回っております。ですがねえ、近隣で不審な物音を聞いた人もいない。現場には侵入した形跡もない。つまり犯人は顔見知りだと考えられます」

「だけど……」

「わかっています。公演が中止になるようなことをするはずがない、でしたよね？」

「その通りです」

「しかし、お見受けしたところ……中止にはなっていないようですなあ」

門扉越しに、浦野はバレエ団の建物を見やった。きっと聞き込みをしながらバレエ団の様子をずっと窺っていたに違いない。いや――聞き込みは建前なのかもしれない。レッスンが再開されたことや、さっきダンサーたちが張り切って出かけたことも知っているのだ。

「雅代さんと美咲さんのご両親から強いご希望をいただき、予定通り開催することになりました。スポンサーの方々も応援して下さっています」

「となると……犯人は、それを見越していたんじゃないでしょうかね」

花音は言葉に詰まる。可能性はあるかもしれない。それでも――

「ユリカにあの二人を殺す理由があるとは思えません」

浦野がじっと花音を見つめている。なにか言いたそうだ。

「……ユリカのことじゃないんですか？」

「いえ、朝比奈さんのことではありますが……」

浦野が、声を落とす。

「凶器を自作したり、強い怨恨が感じられる……そう申し上げましたよね」

「はい。ですが、雅代さんも美咲さんも恨まれるような人ではないと答えました」

「わかっています。みなさんのお話を伺う限り、お二人は姉御肌で、とても好かれていたことがわかりました。その一方で――」

浦野はそこで言葉を切った。

「朝比奈さんへの不平不満は、大変よく聞きました。如月さん、あなたも認めましたよね。よく衝突していたと」

「はい」

「つまり――狙われたのは朝比奈さんなのではないでしょうか」

「……え？」

「犯人は、井上さんや藤原さんを狙ったのではなく、朝比奈さんを殺そうとしたのではないか――そう考え始めています」

花音の全身に、さっと鳥肌が立つ。

「じゃあ……犯人は間違えて……？」

「はい。井上さんと藤原さんは、あえて朝比奈さんに外見を似せていた。遠目には三人はそっくりであったということでしたね。あの嵐の夜、犯人は朝比奈さんがスタジオにいるのだと思った。しかし亡くなったのは井上さんだった。だから次は、朝比奈さんしか宿泊してないはずの紅林邸に忍び込んだ。しかしそこにいたのは、なぜだか藤原さんだった――どうしてあの夜いらしたのかはまだ調査中ですが、そのことによって、また別の人が亡くなることになってしまった」

「……まさか」

「そう考えれば、辻褄（つじつま）は合うんです。この二人を殺す動機など、誰も持っていない。多くの人に憎まれていたのは朝比奈さんです。それにわざわざ短期間に、この小さなバレエ団で二名も殺すなんて、非常に不自然で不可思議です。しかし間違えて殺（あや）めてしまったのなら理解できます」

足元がぐらりと揺れる感覚があった。これまで、雅代と美咲を殺す者などこのバレエ団にいないという自信があった。だけどもしも最初から狙われていたのがユリカだったとしたら……ユリカに冷たい視線を浴びせる人は、たくさん思い浮かぶ。

「とにかく、これが現時点での我々の見解です」

「待ってください。だけどユリカだって、殺されるほど憎まれているなんてことは――」

「横田梨乃さん……でしたかねぇ」

浦野が手帳を見ながら言った。しかし手帳なんて見る前に、浦野の頭にはその名前が何度も何度も浮かんでいたに違いない――そう花音は感じた。

「彼女のお母様のバレエ教室を罵倒されたと耳にしました」

「……はい、そういうことはありました」

「かなりひどい言い方で、横田さんは泣いておられたと」

「でも、殺したいと思いつめるほどではないと思います」

「まあ、そうですよねぇ」

浦野は苦笑し、しかしふと真面目な顔に戻る。

「ただ――恨みなんて、他人からしたら『そんなことくらいで』と驚くようなものも多いんですよ。表面的には気にしない振りをしていながら、実はずっと根に持っていて、どんどん憎しみを募らせてついに事件に発展する……なんてことはザラでしてねえ」

一瞬、ユリカを睨みつけていた梨乃の横顔が思い浮かんだ。

「だけど梨乃ちゃんにはこれまでもアリバイがありますよね？」

「そうですね。ただ他の方たちが公共の場にいたなど強固なアリバイがある中で、彼女はどちらの事件でも石森さんと自宅で一緒だったという程度なので……正直、曖昧ではあるんです。自宅を抜け出した時間があるかもしれない。石森さんが気づかないうちに、アリバイに利用されている可能性もありますんでねえ」

花音が気を悪くしたことに気づいたように、浦野は「ああいや、これは失礼」と道を空けた。

「これからリハーサルのために劇場へ向かわれるんですよね」

「どうしてご存知なんですか？」

「先ほど、別の団員の方にお聞きしました」

やはり周辺への聞き込みは建前で、内部の人間に焦点を絞っているのだ。

「――失礼します」

立ち去ろうとしたとき、

「しかし不思議な事件ですなあ」

と浦野がぽつりと呟いた。

花音は思わず足を止める。

「参考のために『眠れる森の美女』のバレエのDVDを観てみました。紡錘を渡して、オーロラ姫が倒れたのを見届けた後、カラボスは高笑いしながら、煙と共に消えるんですね。この事件のカラボスも同じです。煙のように消え……どこかで高笑いして見ているんでしょうなあ」


リハーサルに遅れると連絡して、花音は急いで劇場へ向かった。

今度は梨乃が疑われたことが不愉快で悲しかった。けれど暗い気持ちは、劇場へ足を踏み入れた途端に吹き飛んだ。

「わあ……すごい」

花音は目を輝かせる。

解体中のステージを使うと聞いていたのでさぞかし殺風景だろうと思っていたが、宮殿のようなきらびやかな背景が残っており、しかも高さ、幅とも三メートルはありそうな巨大なシャンデリアが燦然と輝いているではないか。「眠れる森の美女」の世界観にも合う。婚礼の一幕にぴったりだった。

リハーサルはすでに始まっていて、ちょうど赤ずきんと狼が踊り終わったところだった。花音はどのみち座るだけの役なので、途中から参加して混乱させるより、せっかくなので客席から楽しむことにした。花音はスマートフォンを構える。こんな素敵なリハーサルを撮らない手はない。あとでみんなの参考にもなるだろう。

ブルーバード、フロリナ姫、そして梨乃と達弘によるシンデレラとフォルチュネ王子のダンス。そのあとはいよいよオーロラ姫とデジレ王子によるグラン・パ・ド・ドゥだ。怜司がユリカと共に、意気揚々と登場する。

世界のトップに立つプリマ、ユリカ・アサヒナ。やはり狭いスタジオと、広々としたステージで観るのとは大違いだった。その美しさ、可憐さ、しかし圧倒的なテクニックに魅せられる。

怜司も絶好調だ。床に吸いつくような絶対的な安定感で、ユリカを支える。それでいて、自身のジャンプやターンも軽やかで華麗で、観る者の心を惹きつけて離さない。

もうすぐフィッシュダイブだ。いやがうえにも期待が高まる。婚礼の出席者としてグラン・パ・ド・ドゥを見守っているおとぎ話の登場人物も、思わず演技を忘れて、前のめりで見入っている。待機中の蘭丸も、小脇にティアラやチュチュを抱えた奈央もステージに出て眺めている。本番だとこうはいかないので、これもリハーサルの良いところだ。

ふと、花音の視界を、黒っぽいものがかすめた。

おとぎ話の登場人物の背後に、フードを頭からかぶった黒いマント姿の人物がチラつく。

あれは誰？　黒い衣装なんて、婚礼のシーンにあったかしら？

花音はハッとする。あれはカラボスの衣装。オーロラ姫の誕生日の祝宴で、客人に混じって紡錘を渡す時のものだ。

どうして黒いカラボスを婚礼の場面に？　いや、それよりも——あれはいったい……誰？

中央で踊るオーロラ姫と王子はもちろん、二人を見つめている演者たちも、カラボスには気がついていない。客席後方で全体を見ている花音だけが、その場違いな存在を目にしている。

——まさか。

花音の脳裏に不吉な考えが閃く。

——あれは〝カラボス〟……!?

その時、天井からまばゆい光のかたまりが、すごいスピードで落ちてきた。

「危ない！」

誰かの叫びが聞こえる。

それがシャンデリアだと気づくのと、舞台に衝突するのは同時だった。悲鳴があがる。

「ユリカ!」「怜司くん!」

みんなが駆け寄る。花音も客席を走り抜け、舞台へ上がった。きらきらと反射するクリスタルビーズの下に、二組の脚が折り重なっているのが見えた。ユリカと怜司が、下敷きになっている。ぴくりとも動かない。

「そんな……」

花音は気を失いそうになった。

ほとんど叫ぶように救急車を呼んでいる渡辺の声、二百キロはありそうな巨大なシャンデリアを動かそうとする団員たち。

「持ち上げるより、押した方が力が加わります! みんなでステージ後方に向かって押しましょう! せーの!」

野崎が声をかけ、全員で力を込めてシャンデリアを押した。あっけないほど簡単に後方へとスイングする。

「……え?」

戸惑いながらよく見ると、シャンデリアはフロアから数十センチ浮いていた。幾重にも垂れ下がるクリスタルビーズで、激突したように見えたのだった。その下に、ユリカを守るようにして怜司が覆いかぶさっている。

「怜司さん、ユリカさん、大丈夫ですか⁉」

野崎の声に、怜司の脚がピクリと動いた。

「う……痛たたた」

ユリカを腕に抱き、怜司が這い出してくる。

「おでこを打ったみたいで意識が飛んでました。あー……痛い」

完全に体がシャンデリアの下から出ると、怜司は体を起こし、ユリカを軽くゆすった。

「ユリカ……大丈夫？」

しかしユリカは目を開けない。

「ユリカ……！」

達弘が怜司を押しのけ、ユリカを抱き起こす。しかし彼女の体は力なく、首はだらりと垂れ下がるだけだった。

「嘘だろ……ユリカー！」

達弘の悲痛な叫びが、劇場に響き渡った。

「救急車が来ました！」

野崎が救急隊員を先導してきた。担架に乗せられて運ばれるユリカに、達弘が必死で呼びかけながらついていく。

残った団員たちは、足元にある巨大なシャンデリアを恐ろしげに見つめた。

「どうして落ちてきたの……？」

渡辺が声を震わせる。シャンデリアからは太いワイヤーが何本も延び、天井につながっていた。切れたわけではなさそうだ。

「浦野刑事に連絡します。花音さんたちはユリカさんの病院へ向かってあげてくださ──あ」

野崎が言葉を切った。

「怜司さん、血が──」

「え？」

王子の白いブラウスの袖が、赤く染まっていた。怜司が袖をまくると、十センチ以上の切り傷ができていた。

「クリスタルで切れたのかな。ユリカに比べたら、こんなの大したことありませんよ」

「怜司くんも救急へ行って。頭も打ってるでしょう」

渡辺が顔色を変えた。

「平気です。それより何か手伝い──」

「お願い、早く行って。もうこれ以上、誰も失いたくない」

渡辺はそう言うと、泣き崩れた。

13

タクシーで救急入り口に乗りつける。怜司は梨乃に付き添われて検査に行き、花音と蘭丸は達弘の姿を捜した。「救急治療室」「検査室」「処置室」「点滴室」などの表示のあるエリアを、医師や看護師が慌ただしく駆けずりまわっている。

「達弘さん！」

CT検査室前の長椅子に茫然と座る達弘を見つけ、駆け寄った。

「ユリカは⁉」

「生きてるんですよね⁉」

「ああ……まあな」

達弘の歯切れは悪いが、タクシーの中で最悪の想像をしていた花音は、生きているとわかっただけで嬉しかった。

「よかった」

ほっとして蘭丸と花音は手を取り合う。しかし達弘は悲しそうに続けた。

「でも全く意識がないんだ。どんなに刺激を与えても覚醒しない。今、検査してる」

「意識不明？　そんな……」

足から力が抜けそうになった花音を、蘭丸が支えた。

「とにかく待つしかない」

長椅子に三人で並んで座った。

「……俺がついていながら……俺のせいだ」

達弘が唇を噛みしめる。

「達弘さんのせいじゃ……」

蘭丸が肩に手を置いた。

「いや、俺が悪い。一瞬でも目を離したから。守るつもりだったのに、ユリカをこんな目に……。もっと早く降板させるべきだった。俺が間違ってたんだ」

握った拳が震えている。

「撮影中」の赤いランプが消え、反射的に三人同時に立ち上がった。ドアが開き、ユリカの横たわるベッドが押されて出てくる。酸素マスクや点滴をつけられた姿が痛々しい。ユリカは目を閉じたままだ。

「先生、ユリカは……」

続いて出てきた医師らしき男性に、達弘が恐る恐る聞く。

「外傷や骨折はありませんでした」

「ああ、よかった」

蘭丸が心底ほっとしたように息をつく。

「だったら、どうして意識が……」

花音が聞く。

「倒れた時に、床に後頭部を強打したようです」

「後頭部？　正面から倒れたはずですが」

「頭部、そして全身の打撲状態を見る限りは、背後から倒れたようです。後頭部、肩の後ろ、肘の裏に内出血が見られますので」

「そうですか……」

確かに、ユリカの寝顔には傷ひとつない。不可解だった。花音は客席から見ていた。あの時、ユリカは真正面を向いて踊っていた。それなのに背後から倒れたということは、シャンデリアが落ちてきた瞬間に、体をひねったということだろうか？

「脳は大丈夫なんでしょうか」

蘭丸が不安げな顔で聞いた。

「ええ、CTの結果を見た限りでは、出血など、脳に異常は見られませんでした。もちろん、慎重にモニタリングも続けます」

「どれくらいで意識は戻りますか？」

「それはなんとも……。とりあえず今日は脳外科病棟のナースステーション隣にある観察室に入院していただいて、引き続き様子を見たいと考えています」

「わたしたちも付き添っていいでしょうか」

「観察室には注意が必要な患者さまばかりが入院しています。一般病室へ移るまでは、お控えください」

「わかりました。よろしくお願いします」

達弘が頭を深々と下げた。

医師が去り、看護師がユリカをエレベーターで病棟に連れて行くのを見送った後、廊下の奥から「達弘！」と誰かが呼んだ。振り向くと、白衣を着た年配の男性が走ってくる。

「親父……」

達弘が安堵(あんど)したような表情になった。思わず花音は、蘭丸と顔を見合わせる。

「達弘さんのお父さま？　ここで働いていらっしゃるんですか？」

「いや、働いているっていうか……」

達弘が答え終わらないうちに、男性が三人の前までやってきた。白衣の胸元には、『院長　石森』と記されたネームプレートがある。

「遅くなって悪かった。ついさっき留守電を聞いたものだから。ああ、こちらはバレエ団の方ですか。いつも息子がお世話になっております」

達弘と同じように背が高く恰幅(かっぷく)の良い父親が、花音と蘭丸に向かって頭を下げた。

「こちらこそ。如月と申します」

「太刀掛です。達弘先輩にはお世話になっています」

花音と蘭丸も、慌ててお辞儀をする。

「お父さまって……この病院の院長先生でいらっしゃるんですか？」

「そう。ここ、親父が経営してる病院なんだ」

「そうだったんですね。だったら心強いわ」

「親父もユリカのこと、子供の頃から知ってるから」

「そうなんです。我が家には女の子がいなかったので、妻ともども娘のように可愛がっていました。今日は救急の手術が多くて、さっきまでわたしも駆り出されていたんですが、息子からの留守電で事故のことを聞いて驚いて……。久しぶりにユリカちゃんに会えると思ったらこんな形で残念ですが、たまたま現場がうちの救急搬送エリアだったのも、きっと何かのご縁です。手厚く看護させていただきます。ご安心くださ い」

優しげに花音と蘭丸に微笑みかけると、達弘の父親は「主治医と話してくる」と去っていった。

「達弘さんのお父さまの病院だったなんて。不幸中の幸いだわ」

「本当に安心した。達弘さん、先に言ってくれればよかったのに」

「いやもう、検査結果を聞くまでは頭真っ白だったからさ。とりあえずは外傷もなくてCTも異常なしで良かった……」

消耗したように、達弘は長椅子に座り込んだ。

「ユリカは大丈夫でしたか?」

三角巾で片方の腕をつり、頭に包帯ネットをつけた怜司が救急の処置室から出てくる。梨乃は心配そうな顔で隣についている。

「怜司くん……! そんなに大けがだったの!?」

花音が泣き出しそうになると、怜司が慌てて無事な方の手を振った。

「大丈夫です。腕の傷は大したことなかったんですが、捻(ひね)ってしまったみたいで、少しの間固定するだけです」

「よかった。だったら踊れるんだな?」

達弘がホッとしながらも念を押す。

「もちろんです。頭のCTも撮っていただきました。あ、このネットは頭を冷やすために保冷剤を固定してるだけなのでご心配なく。念のため、二、三日入院をと言われていますが」

「そうした方がいいよ」

蘭丸も頷いた。

「僕なんかのことよりユリカはどうですか？　もう心配で……」

「異常はなかった。入院もさせてもらえた。ただ……意識が戻らないんだ」

達弘の重い言葉に、怜司も梨乃も顔色を失う。

「そんな……」

「雅代さん、美咲さんに続いて、もしユリカにまで何かあったら……」

「ユリカは絶対に目を覚ます。心配するな」

自分に言い聞かせるように、達弘が言った。

「さあ、怜司くんは横になった方がいい。病室へ行ってくれ。俺たちは劇場に戻るから」

「……わかりました」

花音は蘭丸と達弘、梨乃とともに、出口へと向かう。最後に振り向くと、怜司はその場に佇んだまま、肩を震わせ涙を流していた。

劇場へ戻ると検分中で立ち入りできなくなっていたので、ロビーで渡辺と野崎と落ち合う。ユリカの意識が戻らないことを告げると、二人はショックを受けていた。

「事故の原因はわかったんですか？　シャンデリアが落ちてくるなんて信じられないですよ」

達弘は憤慨している。

「それが……事故は事故なんですが、もともと落ちるように作られていたんです」

野崎が言った。

「え？」

「あのシャンデリアは、昨夜までの公演で使用されていたとお伝えしましたね。演出上、落下するようになっていたらしいんです」

「演出上って……演目はなんですか？」

「『オペラ座の怪人』です」

劇場の地下に住む怪人ファントムが、復讐のために巨大なシャンデリアを落下させる場面は有名だ。

「そうか……だから床から数十センチのところで止まる仕組みだったんだ」

「でも、どうして――」

「誰かがスイッチを押したみたいなの。コントロールルームか、リモコンのスイッチ。だけどコントロールルームには誰もいなかったそうだから、誰かがリモコンを操作したはずだって。今、劇場でリモコンを捜してるみたい」

誰かがリモコンを操作してシャンデリアを落としたのか。花音は舞台にいたカラボスのことを思い出す。あの不吉なカラボス——

「そういえば、カラボスを演じていたのは誰だったんですか？」

「え？」

全員が花音を見る。

「誰もよ。花音ちゃんがいなかったから」

「いたわ。みんなに混じってた。ユリカに近づいて……そのときにシャンデリアが落ちてきて——」

カラボスがその後どうしたか見ていない。騒ぎに気を取られていたが、すでに姿を消していたと思う。もしもいたら印象に残っているはずだ。どこへ行ったのだろう？

「そうだ、動画……」

スマートフォンを取り出し、再生する。軽快な音楽がスピーカーから流れ、華やかな舞台が画面に現れる。

「ここです」

グラン・パ・ド・ドゥを踊るユリカと怜司。その周りを取り囲むおとぎ話の登場人物たち。登場人物の合間から湧き出るように、ゆっくりとカラボスが現れた。

「本当だ……」

蘭丸が、信じられない、といったように首を振る。

フードで顔は覆われている。その下の素顔はいったい——？

シャンデリアが落ちてきたところで花音の悲鳴が聞こえ、動画はそこで切れていた。

「大きな手掛かりかもしれませんね。浦野刑事に動画を観てもらいましょう。今、検分にいらしていますから」

野崎が電話をすると、すぐに浦野刑事がロビーにやってきた。

「これを観てください。いるはずのない人物が映っているんです」

花音が動画を再生し、カラボスを示す。

「なるほど。しかし……」

浦野が困惑気味に眉を寄せる。

「先ほど劇場の出入り口全ての防犯カメラの映像を見せていただきました。他の劇団が搬出作業する合間の二時間だけの利用だと伺いましたが、その間は団員の方以外に出入りした人は映っていなかったんです」

「え？」

「今のところ、シャンデリアの落下がリモコン操作のミスだったのか、それともユリカさんを狙った故意のものなのか、そして井上さんと藤原さんの死に関係があるのかどうか、わかりません。ただひとつ言えることは……過失にしろ故意にしろ、実行した人物はこのバレエ団の方ということになります」

〝カラボス〟は、やはりこの中にいるということ――？

「だけど」

花音はもう一度動画を最初から再生する。

「客席にいたわたし以外は全員、ステージの上にいるんですよ」

特に梨乃が映り込んでいることに、花音は安心していた。みんなにはわからないように、だけど浦野にだけはわかるように、花音はさりげなく梨乃の姿を指で示す。

「おや、ちょっとそこで止めてください」

浦野は、カラボスが出てきたところでストップさせた。

「石森さんが途中から映っていないのではないですか？」

「え？」

みんなで静止画を覗き込むが、確かにフォルチュネ王子のコスチュームを着た達弘の姿はなくなっている。

「数秒前には映っているのに。なぜでしょう？」

「いや、それはたまたまです」

達弘が慌てる。

「僕はこの前に出番があったんですが、納得のいかない箇所があって。だから後ろの方に下がって練習してたんですよ。なあ、梨乃？　お前、見てたよな？」

「はい、見てました」

梨乃が力強く頷く。

「ええと、横田さんは石森さんの相手役なんですね」

「はい」

「石森さんが練習されているのに、なぜ一緒に踊られなかったんですか？」

「ユリカの踊りを見ていたかったので。わたしが必要なら声をかけてくるでしょうし」

「なるほど……わかりました。検分は終わりましたので、いったん署に戻ります。動画の方はさらに高度解析したいので、データを送ってください。なにかわかりしだい、またお知らせします」

浦野はデータ送付先を書きつけた紙を花音に手渡すと、急ぐように帰っていった。

「なんだよ、あれ。達弘さんに失礼だよ」

蘭丸が怒ると、

「気にしてないよ。疑うのが仕事なんだしさ。わざと疑うような口ぶりで鎌をかけて、探りを入れてるんだよ」

と達弘がなだめた。

「さて……俺はユリカがいつ目を覚ましてもいいように、病院に詰めておくよ。仮眠室に泊めてもらえるから」

「心強いわ。さあ、みんなも今日のところは帰りましょう。達弘くんもゆっくり休んでね。ユリカをよろしく頼むわ」

「もちろんです。ユリカは必ず俺が守ります。じゃあ」

疲れ切った表情で微笑むと、達弘は劇場から出て行った。

14

ユリカの容態が心配で、その夜、花音は眠れなかった。

いつ目を覚ましてくれるのだろう——

それに、カラボスはいったい誰なのか——

カラボスの不気味な黒い影がユリカと怜司にしのびより、襲いかかる。ふたりが倒れ、動かなくなると、カラボスがフードを脱いだ。そこには達弘の顔が現れ——

ハッと目が覚める。いつの間にかうとうとしていたようだ。窓の外を見ると、空は明るみ始めていた。

まったく、わたしったら——

ため息をつきつつ、ベッドから出る。濃いめのコーヒーを淹れ、ぼんやりとしながら飲んだ。

今はとにかく、ユリカの無事を祈るばかりだ。

やきもきしながら八時になるのを待って、達弘に電話をした。容態に変化はないか、一般の病室には移れるのか、見舞いには行けるのか——

しかしすぐに留守番電話になってしまった。

達弘の疲れ切った様子を思い出す。まだ寝ているのかもしれない。

九時に再びかける。やはりつながらなかった。三十分おきに電話してみるが、すべて留守番電話に切り替わってしまう。一緒にいるかもしれないと思って梨乃にも電話してみたが、そちらもつながらなかった。

午前中は何も手がつかないままやりすごし、面会時間の始まる午後一時に、蘭丸とともに病院へ駆けつけた。

「朝比奈さんなら特別室へ移られました。面会していただけますよ」

ナースステーションへ行くと看護師が教えてくれた。

「目を覚ましたんですか？」

蘭丸が期待に顔を輝かせる。が、看護師は残念そうに、「それはまだみたいですけど」と答えた。

「CTに異常はないと伺ったんですけど、あれから新しくわかったことはないでしょうか。どんなことでも知っておきたいんです」

花音の言葉に、看護師は首を横に振る。

「個人情報になりますので、それ以上はお教えできないんです。容態や治療方針などの詳細をお伝えできるのは、ご家族だけになります。最近は特に厳しいので、ご了承ください」

「そうですか……わかりました」

あとで達弘に聞いてみようと思いながら、個室へ向かった。

ノックをしてからドアを開けた。大きな窓から気持ちの良い日差しが入り込んでいる。広々とした部屋に、ユリカの眠るベッドがあった。

なめらかな白い肌。豊かなまつげ。薔薇のつぼみのような唇――

点滴につながれ、酸素マスクをつけていても、ユリカの寝顔は輝くばかりに美しかった。

「まるで眠れる森の美女ね」

花音は指でそうっとユリカの頬を撫でる。

「本当だな」蘭丸も悲しげに微笑む。「でも、きっとすぐに目を覚ましてくれるよ」

「そうよね……そうだ、達弘さんに、来たことを知らせなくちゃ」

達弘の携帯電話は、今回もすぐに留守番電話に切り替わった。電源が切れているのかもしれない。

「連絡つかないの？」

「朝から通じないの。梨乃ちゃんにもかけてみたけど、全然」

「院内ヵフェやコンビニにいるのかもしれないね」

「だけど……達弘さんらしくないわ」

「ん？」

「だって、わたしたちが心配してるのをわかってるでしょ？　必ず連絡がつくようにしてくれるような人なのに」

「そんなことに思い至らないほど精神的に参ってるんじゃないかな。何回も『俺のせいだ』って自分を責めてたし」

「確かにね……」

「きっともうすぐ連絡が……そうだ、達弘さんの親父さんに聞いてみればいいよ」

「わたしったら、そんなことも思いつかないなんて」

花音はナースステーションに戻り、看護師に院長に取り次いでもらえるように頼む。ちゃんと話が通っているらしく、快くすぐに内線をつないでもらえた。

——ああ、昨日はお疲れさまでした。何かありましたか？

「達弘さんがいらっしゃるお部屋はどちらでしょうか。こちらで仮眠を取られたんですよね？」

――え？

戸惑ったような声が返ってきた。

――こちらに泊まってはいないと思います。自宅かなあ。携帯は通じませんか？

「朝から通じないんです。お父さまの方にも連絡はありませんか？」

――あれきりですね。わたしの方でも捜してみますが、まあ飯でも食いに行ってるんでしょう。

「でも……こんな状況で連絡が取れなくなるなんて心配です。女性ダンサーふたりを失ったばかりなんです。そして今回はユリカと怜司くんがこんなことに。達弘さんも何かに巻き込まれていたらと思うと……」

大丈夫ですよ、と励ますような声が聞こえてきた。

――バレエ団で心配事が続いているとはわたしも聞いて心を痛めています。だけどあいつはガタイのいい男です。誰にも襲われたりしませんよ。連絡がつき次第、すぐ特別室に行くよう伝えますから。

いつでも連絡がつくようにと互いの携帯番号を交換し、通話は終わった。花音はユリカの病室に戻る。

「おかえり。達弘さん、どこにいるって？」

「お父さまも居場所をご存じないそうよ。あれから病院には戻ってないんだって」

花音は父親との会話を、簡単に説明した。

「親父さんの言うとおり、心配ないよ。ここにいれば、すぐに戻って来るって」

「そうよね……」

だけど胸騒ぎがする。不安が心を塗りつぶしそうになったのを、ノックの音が遮った。

「ほーらな」

蘭丸がウィンクする。

「本当ね。わたしったら……」自分に呆れながら、「どうぞ」と声をかける。

しかし入ってきたのは、怜司だった。

「お邪魔します。ユリカの具合どうですか……って、何かありましたか？」

「ううん、なにも」蘭丸が笑顔でごまかす。「どう、腕は？」

「おかげさまで、だいぶ痛みも腫れもひきました」

怜司が三角巾ごと腕を動かす。

「頭はまだ痛いですけど、冷やせば治まるんで」

「よかったわ。どうぞ座って」

花音は丸椅子をベッドの脇に置き、怜司にすすめた。

「まだ目を覚まさないんですね……」怜司は唇を噛んだ。「どういう治療をしていくんですか？」

「個人情報だから、家族にしか話せないって言われちゃったの」

「でもユリカにはご両親がいませんよね。ひどいじゃないですか」

「だからあとで達弘さんに掛け合ってもらおうと思っているの」

「怜司くん、達弘さんがどこにいるか知らないか？」

「達弘さんなら、昨日の夜に僕の病室に見舞いに来てくれましたけど……きっと僕が美咲さんのことで参ってる上に、こんなことになったのを気にしてくれたんだと思います」

「じゃあ今朝は会ってないのね？」

「会ってません。何かあったんですか？」

「連絡がつかないの。ユリカの病室にも来ないし」

「あんなにユリカのことを心配してたから、来ないはずがないですよ」

「だろ？　俺もそう言ってるんだ。花音は心配しすぎなんだよ」

ふたたびドアがノックされた。今度こそと期待したが、入ってきたのは渡辺と野崎だった。野崎は沈鬱な表情をしているものの、両手いっぱいに色とりどりの楽しげな風船や紙袋を抱えている。

「顔色は良さそうね。ホッとしたわ」

渡辺はベッドの脇に立ち、ユリカの手を握った。その傍らで、野崎は黙々と風船をベッド柵にくくりつけている。

「野崎さん、それ……？」

「アメリカではお見舞いに風船を持っていくって聞いたもので、買ってきました。ゲット・ウェル・スーン……早く元気になってって書いてあるんです。あとウィー・ラブ・ユー」

見るからに堅物な野崎が女子高生だらけのギフトショップに行き、カラフルな風船を見繕っている様子を想像すると、少しだけ心が温まった。こんな時ではあるが、間違いなく野崎はバレエ団の一員なのだと実感し、嬉しくなる。

「あと、スポンサーの方々からも、たくさんお見舞いのギフトをいただいています」

紙袋から、つぎつぎにブーケやオルゴール、フルーツ、お菓子などが出てくる。野崎はそれらを、棚に丁寧に並べていった。

「じゃあ、スポンサーの方は……」

「ええ、とても心配しておられるとともに、復帰を熱望されています」

「よかった。こんな事件も起こって、もう応援していただけないかと思いました」

目を覚ました時に、公演ができなくなっていてはユリカも可哀そうだ。眠りの深い意識の中でも、きっとオーロラ姫を踊ることが励みとなって息づいているに違いない。

「あら、達弘くんと梨乃ちゃんは？」

渡辺が部屋を見回す。

「連絡がつかないんです」

「え？」渡辺の顔色が変わった。「いやだわ……大丈夫かしら」

その時、渡辺のスマートフォンが鳴った。

「噂をすれば、ね」

ホッとしたようにスマートフォンを取り出したが、画面を見て首を横に振った。

「浦野刑事だわ。──もしもし渡辺です。はい、今病院におりますが。──ええ、どうぞ……」

渡辺が首を傾げつつ通話を切った。

「どうしたんですか」

「今から病院に来るって……なにかしら」

浦野はすぐにやってきた。

「石森さんはどちらですか？」

「今日はまだ連絡がついていませんけど」

花音が言うと、浦野は急いで携帯電話でどこかにかけた。

「見つかったか？　――いや、ここにもいなかった。引き続き捜してくれ」

「なんなんですか、急に」

渡辺が気分を害している。

「石森さんには、詳しいお話を聞く必要がありそうです」

いぶかしむ花音たちの前に、浦野がタブレットを取り出した。動画が再生される。

花音が録画したリハーサルだ。

「署の方で解析の精度を上げました。細かいところまでかなりはっきり見えます」

ユリカが踊っている後ろに、花音を除いた団員全員が立っている。もちろんフォルチュネ王子の衣装を着た達弘もいる。少しすると、達弘がそうっと後ろへ下がり、姿を消した。

「だからこれは、後ろで練習していたって――」

「この次です」

浦野が花音を遮った。

おとぎ話の登場人物の間から、カラボスが出てきた。全身を覆いつくす、黒いマント。これから動画の中で起こることを知っているだけに、不気味さに鳥肌が立つ。

「石森さんの衣装のタイツには、サイドに刺繍（ししゅう）が入っていましたよね？」

動画が一時停止された。刑事の指が、カラボスの足元を拡大する。黒いマントの裾がまくれて、片方の足がわずかに露出していた。

「あ……！」

全員が息を呑んだ。

マントの裾からのぞいているのは、あきらかにフォルチュネ王子のタイツだった。

「嘘だ……」

蘭丸が顔色を変えた。

花音たちは、タブレットを前に凍り付いていた。

なぜ？

なぜ達弘さんが？

目の前に真実を突きつけられても、それでも花音は達弘がカラボスだとは信じられなかった。

いつも明るく、男らしく、けれども気遣いのできるムードメーカー。人一倍、このバレエ団を大切に思ってくれていた人。そして幼馴染であるユリカのために心を砕いてきた人。

そんな人が雅代と美咲を殺し、ユリカと怜司を襲うはずがない。だけどこの映像は

「石森さんから事情を聞く必要があることをおわかりいただけましたか。もちろん横田梨乃さんからも話を聞かなければなりません」

浦野の言葉に、ハッとする。

そうだ。梨乃は達弘がひとりで練習しているのを見たと嘘をついたのだ——

「劇場での証言が虚偽であるとすれば、これまでの石森さんと横田さんのアリバイも疑わしくなります」

だけど、どうして？

どうしてこんなことを？

花音の頭の中で、ぐるぐると行き場のない疑問が渦を巻く。

「ありえないわよ。理由がない。達弘くんが、雅代と美咲を殺すほど憎んでいたなんて、絶対にないって言い切れるわ」

渡辺が首を振る。

「実は昨日、如月さんにはお話ししたんですが……もともとは朝比奈さんを狙った犯行だったのではないかと我々は見ています」

「——え？」

「犯人は朝比奈さんを殺すつもりだった。けれど外見が似ていたために、悲劇が起きてしまった」

「そんな……」

渡辺が言葉を失う。しかし野崎が冷静に言った。

「しかし、彼にはユリカさんを狙う理由もありません。ふたりは幼馴染で、ユリカさんを大切にしていました」

「……石森さんは大恥をかかされたそうですね」

浦野が、みんなを見回す。

「盛大なパーティがあって、そこで配役発表があった。石森さんは主演に決まっていたのに、あろうことかステージ上で朝比奈さんに強引に降板させられた。坂崎怜司さんに取って代わられたとか」

「けれど納得していたはずです。それに彼女の一番の理解者だし、降板に関しても前向きに捉えています」

「しかし公衆の面前で役を降ろされたんです。それ以上の屈辱はないでしょう」

「プリマが踊りやすいのなら、それがベストだと言っていました」

言い切りながらも、花音の心にわずかな疑惑が湧く。果たしてそうなのだろうか？

いくら幼馴染でも、まったく気にしないことなんてあるだろうか？　花音は思い出す。

ステージで笑いを振りまいた後に、達弘が人知れず男泣きしていたのを――

「そして今回は、坂崎さんも狙われている。朝比奈さんと坂崎さん。この二人は、石森さんにとって非常に憎い相手だったはずです」

そうだ。今回はユリカ以外にも被害者がいる。確かに達弘には、二人を狙う動機がある——？

「ちょ、ちょっと待ってください」怜司が慌てた。「達弘さんが僕を襲うなんて、絶対にないです」

「そうだよ、今の説はおかしい」

蘭丸も諦めない。

「達弘さんがデジレ王子の役のことで納得していなかったとする。百歩譲って、直接役を奪った怜司くんを恨むのはわかるとする。だけどここまで執拗にユリカを狙うかな？　それに、どうして梨乃が嘘をつく必要がある？　女性ダンサーの梨乃にとっては王子役をめぐるいざこざなんて関係ないことだ。梨乃は本当に、達弘さんがステージの後ろで練習しているのを見たんだよ」

「そうよ、蘭丸くんの言う通りだわ」

渡辺が救われたように頷いた。

「——フィーリン襲撃事件」

浦野が、低く呟く。

「バレエのことを調べていたら、フィーリン襲撃事件というものに行きあたりました。

ボリショイ・バレエ団の芸術監督が、硫酸をかけられたそうですね。犯人は男性のダンサーで、自分の恋人がオデット姫の役をもらえなかったことを恨んでの犯行だったとか」

「……それが何だって言うんですか？」

蘭丸が浦野を睨みつけた。

「石森さんの動機には、横田さんにオーロラ姫を踊らせてあげたかったということも含まれていたのではありませんか？」

「だけど……ユリカが主演をしないと……」

花音の言葉を、浦野が遮る。

「ええ、確かに公演続行の条件は、朝比奈さんが主演なさることだとは伺いました。ですがミハイロワさんの指導を受けるだけでも、ものすごい栄誉で価値のあることだと、外部の方への聞き込みの時に皆さん口をそろえて仰いました。それだけでも、世界中のバレエ業界から一目置かれるそうですね」

花音は、ひたむきにフィッシュダイブを練習していた達弘と梨乃を思い出した。

そしてユリカを睨みつけていた、切りつけるような梨乃の目つきも。

ユリカは、なにか感じ取っていたのかもしれない。

だから達弘を信用するなと言ったのだろうか――

とにかく二人と話さなくては。

「電話をさせてください」

みんなが見守る中、花音はスマートフォンで達弘、そして梨乃に電話をした。つながらない。ふたたび達弘の父親にかけてみた。

――ああ、如月さん。ちょうど今、ご連絡しようと思っていたところです。

父親の穏やかな声が聞こえてくる。

――妻に聞きましたらね、早朝に家に戻って来たらしいんです。なんでも、パスポートが必要だったとか。

「……パスポート？」

花音が繰り返した言葉に、浦野が顔をこわばらせる。

――ええ、その足で空港へ行ったらしいですよ。

「行き先は？」

――言わずに飛び出して行ったそうです。昔から、時々バックパッカーみたいにふらっとどこかへ行ったりするので。

「わかりました。こちらでも調べてみます。ありがとうございました」

電話を切ると、花音は震える声を絞り出した。

「空港へ向かったそうです」

「海外？　そんな……逃亡……？」

蘭丸が顔色を変える。

「嘘よ！」

渡辺の顔が、涙で歪んだ。

花音も泣きたかった。けれど達弘の逃亡は、犯行を自白しているのと同じだ。

「これは……認めるしかなさそうですね」

野崎が眼鏡を外し、目頭を揉む。

もう間違いない。

達弘が、〝カラボス〟だったのだ——

「達弘さんが……？　どうして……こんなのおかしい……」

怜司は放心して立ち尽くしている。

「王子役のこと、納得していなかったってことに気づいてあげられなかった……ここまで追い詰めたのは、総裁であるわたしの責任だわ」

渡辺の悲痛に満ちた嗚咽が、病室に響いた。

重要参考人として達弘と梨乃の行方を追うと言って、浦野は帰っていった。病室に沈黙が落ちる。誰も、何も言えなかった。

「わたしたちも梨乃ちゃんを捜しましょう」

ぽつりと渡辺が言った。

「そうですね」

「我々は我々で、できることをしなくては」

蘭丸と野崎が立ち上がる。

「怜司くんはまだ入院中でしょう。もう休んでちょうだい。花音ちゃんはユリカについていてあげて。なにかあったら、すぐに連絡してね」

渡辺たちが出て行き、怜司も自分の病室へ戻った。

花音は急に、ぽつんとユリカとふたりきりで残される。

なにがどうなっているのかわからない。

「ユリカ……」

花音はベッド脇の椅子に座り、ユリカの手を握った。温かかった。

「どうしてこんなことになっちゃったんだろう。あんなに優しい達弘さんが、どうして？ あなたは達弘さんが嘘つきだって言ったよね。いったい何を知っていたの？」

もちろんユリカは答えない。

眠り姫はただ美しい寝顔で、幸せそうな寝息を立てているだけだった。

「面会時間は終わりですよ」

肩にそっと手を置かれた。

慌てて起きると、窓の外が暗くなっている。いつの間にかユリカのベッドに突っ伏して眠ってしまっていたらしい。ユリカは変わらず目を閉じていた。

「すみません。昨日、ほとんど寝ていなかったので」

「いえいえ。構いませんよ。まだ五分も過ぎてないですし」

立っていたのは優しそうな男性の医師だった。

「主治医の先生ですね。容態について、少しでも教えていただけませんか」

「うーん、悪いけど無理ですね」

「個人情報ですよね？　だけど彼女には家族がいないんです」

「いえ、個人情報ももちろんなんですけど、僕は主治医ではないんですよ。別の科から応援に来ただけで」

「脳外科の先生ではないんですか？」

花音は医師の名札を見て、目を見開く。

「あの、これは――」

「先生、遅くなってすみませんでした。始めましょう」

看護師が機器を押しながら入ってきた。

「あら、まだいらしたんですね。面会は終了ですよ。今から診察ですし、お帰り下さいね」

目の前でカーテンを引かれてしまった。

花音は病室の前に佇んだまま、茫然としていた。今の先生は——

「ということは、つまり……」

目まぐるしく、頭の中を情報が駆け巡っていく。

これまで見たこと。

聞いたこと。

今日、浦野が言ったこと——

それらが頭の中に渦巻き、やがて一筋の道を示す。その道は細くて頼りなく、先はどこにもつながっていない。まだまだ謎に包まれたままだ。けれども、事件解決への重要な道筋が見えた気がした。

想像する通りだとすると、花音にできることはひとつしかない。

そう、ただひとつ、ゆるぎのないこと。

「わたしが必ず、ユリカを守る——」

15

ユリカが昏睡(こんすい)から覚めたという連絡が院長からあったのは、次の日の朝だった。

花音は蘭丸とすぐに病室に駆けつけた。すでに渡辺と野崎、そして怜司も集まっていた。しかし、ユリカはベッドにいない。

「色々な検査に回ってるんですって。わたしたち、来るのが早すぎたみたいね」

渡辺が嬉しそうに笑った。

「シルヴィアさんも、もうすぐ来るそうです。とても喜んでいました」

野崎はにこにこしながら、スポンサーからのプレゼントらしきものを、さらに棚に並べていた。

「早く元気な顔が見たいな。怜司くんの具合はどうなの?」

蘭丸が尋ねる。

「おかげさまで今日退院できることになりました。まだこれはつけとけって言われてますけど」

怜司が三角巾の腕を示して笑った。

「早く治してくれないとね。公演に間に合わないわ」

渡辺の言葉に、花音たちは顔を見合わせる。

「公演って……さすがに今度こそ中止じゃないんですか？」

蘭丸が意外そうに聞く。

「達弘くんが犯人であれば、もちろん不祥事の責任を取って公演は自粛するべきよ。だけどね」

渡辺が力強く続けた。

「あれから色々と考えてみたの。やっぱり達弘くんが犯人だなんて思えない。昨日は予想もしないことを急に聞かされて、パニックになったわ。だけど達弘くんを信じたいの」

「僕も同感です。渡辺総裁と検証してみました。一通目の脅迫状はバンケットの前に届いています。それにステージ上のカラボスが達弘さんだったからといって、一連の事件の犯人とは限りません。もちろん梨乃さんも無関係だと信じます」

「だったらどうして二人は姿を消しているんですか？」

蘭丸の戸惑いに、渡辺は答える。

「わからない。だけど白黒がはっきりするまでは信じるって決めたの。ファミリーだもの。だからそれまで公演は諦めないわ。雅代と美咲、そして――ユリカのためにも」

野崎が大きく頷いた。

「回復期にあるユリカさんにとって、オーロラ姫の公演は張り合いになるでしょうしね。目が覚めたら自分の役がなくなっていたなんて、悲しいでしょう。スポンサーの方々にも早速お知らせしたら、とても安心しておられました。公演にはとても期待されています。僕もこれで一安心——」

「いいえ」

花音が遮った。

「ユリカにはオーロラ姫を踊らせません」

「——え？」

「花音ちゃん、何を言ってるの？」

みんなが驚いて花音を見る。

「理事のひとりとして、わたしはこの場でユリカ・アサヒナの降板を要求します」

「どうした、花音。お前、今までユリカを踊らせるためにあんなに努力して——」

「それは、俺たちが説明します」

突然の声に振り向くと、入り口に誰かが立っていた。

達弘と梨乃だった。達弘は大きなバックパックを背負い、疲れた様子で、無精ひげを生やしている。よほど急いで来たのか肩で息をし、汗をかいていた。その隣で、梨乃が申し訳なさそうに小さくなっている。

「今戻りました。心配かけて、すみません」

達弘は荒い息の合間に言い、頭を下げる。

「ばか！　二人ともどこへ行ってたのよ！」

渡辺が達弘に突進し、彼の胸を両手で叩いた。

「いったい何が何だか……わけがわからないよ」

蘭丸が首を横に振る。

「ナベさんは信じるっていうけど、俺は正直、納得できない。達弘さんも梨乃ちゃんも、なんでユリカにこんなことを？　幼馴染なんだろう？　何があっても自分たちが守るって言って――」

「そのとおりよ、蘭丸」

花音が言った。

「二人はね、ユリカを守ろうとしていたの」

「――え？」

「花音さんには――すべてお見通しなんですね」

梨乃が安堵したように微笑む。

「実は会わせたい人がいて、連れてきました」

達弘はドアの向こうに英語で声をかけた。入ってきたのは、金髪の美青年だった。

渡辺と蘭丸と怜司が、「あ!」と大声をあげる。

「まあ、マイケル・バルマンじゃない!」

渡辺が素っ頓狂な声をあげた。

「本当だ、どうしてここに?」

興奮する蘭丸と怜司の隣で、野崎が「誰です?」と首をかしげている。

「ロスアンゼルス・バレエ・カンパニーのスター・ダンサーですよ」花音が野崎に耳打ちした。「ユリカのお相手は彼だったんですね。それは驚きました」

「ますます状況がわからないわ。お願いだから、早く説明して。どうしてマイケル・バルマンがここにいるの?」

ほとんど涙目になっている渡辺に、マイケルが「コンニチハ」と片言の日本語で言いながら手を差し出し、握手する。

「俺が連れてきました。いなくなったのは、こいつを迎えに行ってたからなんです」

「どこに?」

「北京です」

「北京!?」

「どうしてまた」

「こいつからしか伝えられないことを、ナベさんやみんなに言ってもらうためです。まあ、もう花音はわかっちゃったみたいだけど」

「いったいなんのことだよ？」

蘭丸が頭を抱える。

マイケルは日本語のやりとりについていけないようだったが、達弘が合図をすると、みんなにわかりやすいよう、ゆっくりとした英語で言った。

「ユリカは……妊娠しているんです」

啞然（あぜん）としている面々を前に、達弘が説明を始めた。

「マイケルとはジュニア時代にスイスでの夏期講習で知り合いました。ユリカがうちで踊ることになった時、すごい衝突してたじゃないですか？　だからユリカを良く知ってる誰かに相談したくて、マイケルに連絡を取ろうとしたんです。でも世界ツアー中でつながらなくて、もう一人のキャシーって友達に電話しました。その子がユリカのことを色々教えてくれて、マイケルとユリカが恋人同士だって聞いたんです。マイケルは本当に優しい奴だから、不安定なユリカにはちょうどいい。すごく安心しました」

とりあえずはキャシーに相談しつつ、達弘はユリカがこのバレエ団でうまくやっていけるよう奔走した。そんなある日、突然マイケルから達弘に電話があった。数年ぶりの電話を懐かしむ余裕もない様子で、彼はまくしたてた。

「お願いだ、ユリカが踊るのをやめさせてくれ」

マイケルが世界ツアーに出発する前日に、ユリカの妊娠が判明した。彼は狂喜した。彼はにぎやかな大家族で育ち、もともと子供好きだったので、自分の子供を持てることが楽しみで仕方がなかった。しかしユリカの反応は冷淡だった。当然のように、産まないと言う。

「やっとトップになることができたの。妊娠したらしばらく踊れなくなる」

確かにそれは現実的に正しい。妊娠・出産は、バレリーナにとって共通の悩みだ。事務仕事などと違って、出産ギリギリまで舞台に立つということはできない。それに出産後も、いつから踊れるかわからない。

身体能力がどれくらい元通りになるかも不透明だし、それに何より、自分が休んでいる間に、別のバレリーナにプリマの座を取って代わられる可能性が高い。バレエ団にしても、プリマ不在で興行などできないのだ。

「赤ん坊なんて、キャリア・エンダーよ」

マイケルにも、その気持ちはよくわかった。自分だって、もし怪我などで長期間休むことになれば、二度と這い上がれないような絶望感に打ちのめされるだろう。

しかし、新しい命なのだ。プリマの座よりも優先すべきだ。そう伝えると、ユリカは激怒した。

「プリマの座より優先すべき？　あなた、自分が何を言ってるかわかってるの⁉　わたしがここまでくるのにどれだけ苦労してきたか、犠牲を払ってきたか知ってるじゃない！　これ以上の犠牲を払えっていうの⁉」

犠牲じゃない、少し休むだけだ。出産してから復帰してるプリマもいる。生まれたら子供の面倒は主に僕が見る、君のことをずっと支える——そう説得しても、ユリカは首を縦に振らなかった。

「プリマに戻れないリスクがある限り、わたしは産まないわ。絶対にね」

それに、子供をかわいいと思えない、愛する自信がない、と吐き捨てた。

「わたしの母のこと、知ってるでしょう。わたしは長い間、すさまじい虐待を受けてきた。子供を見ると、あの頃の自分を思い出して死にたくなるの。だから子供なんて大嫌い。生まれたらきっと同じことをしてしまうわ。可愛がる自信がないの」

どんなにマイケルが説得しても、ユリカは頑なだった。理解を得られないまま、ツアーへ出発する時間が刻一刻と迫ってくる。

マイケルはユリカに、戻ってきたらもう一度話し合うこと、それまでは勝手なことをしないことを約束させ、ロスアンゼルスを発った。ちょうどバレエ団の公演予定はない時期だったので、激しいレッスンを避け、なるべく安静にしておくようにと釘を刺しておいた。

ツアー中、ユリカの携帯に電話をしたが出てもらえなかった。メールをしてもSNSで連絡をしても返信はない。複雑な思いがあって連絡を取りたくないのだろう、とそっとしておいた。

目まぐるしくフランス、ドイツを回り、イタリアで公演していたある日、マイケルは日本で起こったバレリーナ連続殺人事件の記事を目にする。旧知の達弘が所属するバレエ団であることに驚き、被害者を気の毒に思いつつ読み進め——目を見張った。そこにはユリカ・アサヒナが客演すると書いてあるではないか。

しかも、踊るのはオーロラ姫。ジャンプ、リフトはもちろん、フィッシュダイブもある。不安定な妊娠初期に激しく踊って、もしも何かあったら——そう思うと気が気ではなくなった。パニックになりながら、すぐに達弘に電話した。状況を説明すると達弘は驚愕したが、納得もしていた。ユリカが遅刻や早退を繰り返していたのは、そういう理由だったのかと。ただ、事件が続いたので公演は中止になる見込みだという。マイケルは安堵して次のツアー先、アルゼンチンへ飛んだ。

しかし思いがけず公演は行われることになり、達弘は焦った。達弘はユリカに降板するよう説得した。けれどもユリカは当然、達弘の言葉に耳を貸さない。

「だったら理事には俺がバラしてやるからな。お前がいくらイヤだって言っても、絶対に降板になるよ。みんな、お前の体を一番に考えてくれる人ばかりだ」

必死になった達弘は、半ば脅すように言った。ユリカが観念すると思ったからだ。

しかしユリカは、

「どうぞご勝手に。もしそんなことになったら、バレエ団を訴えてやるから」

と冷静に言い放った。

「……なんだって？」

「聞こえなかったの？　もしも妊娠を理由にオーロラ姫を降板させられたら、訴えるって言ったの」

「何を言ってんだよ。バレエ団が降板させるのは、お前を思ってのことなんだぜ？」

「それでも差別になるわ」

「差別？　どこが」

「海外では、妊娠を理由に退職させたり配置換えをすることに関してはとってもセンシティブよ。プレグナンシー・ディスクリミネーション——ああ、日本でいうところの、マタニティー・ハラスメントってことになるのかしら。とにかく、わたしが妊娠を理由に降板を希望するならともかく、そうじゃない場合は差別と捉えられるのよ」

「まさか。だって……」

「本人がどう感じるかが問題なの。セクハラだってそうでしょう？　本人が不快だと感じればセクハラが成立する。わたしとの契約はアメリカベースになってるから、裁判となったらアメリカで行われることになるし、さぞかし大変でしょうね。それに慰謝料は億単位になる可能性もあるわ」

「お、億って、お前」

「それにニュースになって、当然海外のバレエ業界にも知れ渡る。今後、海外のダンサーは招聘に応じてくれなくなるだろうし、このバレエ団を海外公演に呼んでくれるところもなくなるでしょうね。つまり……東京スペリオール・バレエ団は終わる」

「そんな……だけど」

しどろもどろになる達弘に、ユリカは涼しい顔で続ける。

「もちろん、あなたのこともプライバシー侵害で訴えるから」

妊娠は非常にデリケートかつプライベートなことなので、当事者以外が雇用主に話し、その結果として雇用条件に影響が出た場合は、プライバシー侵害により不利益を被ったとして訴えることができるケースもあるらしい。とくにアメリカでは、ありそうな話だった。

「わたしは今回の公演に命を懸けてるの。シルヴィアの初演出による、日本での初舞台。これ以上のステージはないわ。他の誰にも、絶対にオーロラ姫を踊らせたくない」

それからも激しいレッスンを続けるユリカを、達弘はひやひやしながら見守るしかなかった。もちろん諦めず、ことあるごとに説得を試みた。達弘から事情を聞いていた梨乃も、達弘に加勢してくれた。

「ユリカはすでに世界のトップにいるのよ？　一年休んだって、ファンは待っててくれるわ」

「梨乃には、この重圧がわからないのよ。トップになるよりもトップでい続ける方が、何倍も大変なの。その為には、絶対にこの公演を成功させなくちゃいけない」

ユリカはますます頑なになった。そして達弘にも、梨乃にも、完全に心を閉ざしてしまった。

達弘と梨乃は途方に暮れた。一体どうすれば、ユリカに納得してもらえるのか。一体どうすれば、ユリカを休ませることができるのか。

そんな時だったのだ――ユリカが「もしも本当にカラボスが目の前に現れたら、やめてやってもいいわ」と言ったのは。

だからステージでカラボスとして現れることにした。幸い、過去の公演でカラボスを踊った。ふり付けも覚えている。

当日は、ボストンバッグの中にカラボスの衣装を入れ、すぐ取り出して着替えられるように舞台後方に置いておいた。フォルチュネ王子として自分の踊りが終わり、袖にはける。さっと着替えてカラボスとして登場した。

ゆっくりゆっくり輪に近づいていたとき――上から巨大な光が落ちてきた。シャンデリアだった。そして悪夢のような光景を見た――ユリカと怜司が下敷きになっている。

達弘は衣装を脱ぎ捨て、ユリカに駆け寄った。ユリカも、そして胎児も失ってしまうかもしれないと思うと恐ろしかった。カラボスが、こんなに大胆な方法で狙うとも予測できなかった。

万が一のことがあったら、自分のせいだ――

達弘は自分を責めた。だから父親の病院で、ユリカも胎児も無事だとわかったときは、心から安堵した。

同時に、自分の責任においてユリカを降板させるべきだと思った。マイケルを日本に呼び、直接ユリカを説得してもらう。そしてマイケルから理事に真実を話してもらう。彼は胎児の父親であり当事者なので、彼の申し出によって降板となっても、ユリカはバレエ団を訴えることはできない。

だから劇場で刑事と別れた後、すぐにマイケルの携帯に電話をした。しかし何度かけても通じない。キャシーに電話で聞いてみると、彼はアルゼンチンでの客演を終え、飛行機で最後の公演地、北京に向かっている最中だという。

乗りつぎを含めると三十時間以上の旅程で、出国や入国、税関などにかかる時間も含めると約二日間、連絡が取れないことになる。

中国に入国してすぐに連絡がついたとしても、それから日本行きの飛行機チケットを手配するとなれば、さらに時間のロスになる。

達弘は焦り、そして思いついた。日本からの方が、北京へは近い。先に行って、マイケルが来るのを待っていよう。彼の飛行機チケットも手配しておき、すぐに連れてくるのだ。

ここでいなくなればますます疑われるだろうが、仕方がない。今計画を明かせば、確認に時間を取られて出国が遅れる。だから達弘は誰にも言わず、マイケルを迎えに北京に飛び立ったのだった。

「俺は土地勘もないし、中国語もできないから、梨乃にもついてきてもらったんです。ご心配をかけてすみませんでした」

梨乃も申し訳なさそうに、ぴょこんと頭を下げる。

「そうだったのね……」

渡辺は茫然としつつも、ほっとした表情をしていた。

「それにしても、花音はいったい、どうやってわかったんだ？」

達弘が不思議そうに首をかしげる。

「この病室に産婦人科の先生が往診にいらしたの。ユリカが妊娠しているという前提で考えると、達弘さんや梨乃ちゃんの行動の意味がわかったわ」

みんなが納得していると、看護師がユリカの乗った車いすを押して入ってきた。

「ユリカ……！」

マイケルが駆け寄る。

「マイケル！　どうしてここに？」

ユリカが目を見開いた。

「わたし、まだ夢を見ているの？　目覚めたと思ったけど、全てまぼろしなの？」

「まぼろしじゃないよ。現実だ。ユリカ、君に会いに来た」

看護師が出て行くのも待ちきれず、マイケルはユリカの手を握って何度もくちづけた。

「みんなも……わたしのために来てくれたの？」

ユリカは全員の顔を見まわした。

「当たり前でしょう。とっても心配したんだから」

渡辺も車いすに近づき、髪を撫でた。

「でも……マイケルがいるなんてまだ信じられないわ」

「タツヒロに連れてきてもらった」

マイケルが英語で答える。

「達兄ぃが？　どうして？」

「まずは、理事たちにユリカの体のことを伝えてもらうためだな。当事者であるマイケルからなら、プライバシーの侵害に当たらない。そしてマイケルがバレエ団にユリカの降板を申し入れて、それをバレエ団が許可したという体裁であれば、ユリカはバレエ団を訴えることはできないからね」

「いやあね、そこまで考えて連れてきたの？」

「いや、実は今のは後づけでね」

達弘が頭を掻く。

「本当は、とにかくお前を説得したくて連れてきた。ユリカ、せっかくの機会だから、マイケルとよく話し合ってくれ。俺たちは部屋を出ていくから、とことん――」

「話す必要なんてないわ」

「そんなこと言うな。頼むよ」

「必要ないってば。だってわたし……産むって決めたんだもの」

え！　とみんなが声をあげる。ユリカはくすっと笑った。

「眠っている間ね、わたし、とっても不思議な夢を見ていたの――」

どこまでも広がる、色とりどりの花が咲き乱れる美しい庭。あまりの荘厳さにみとれ、芳香を胸いっぱいに吸い込んでいると、とても可愛らしい少女がやって来た。

子供が嫌いなはずなのに、なぜだかその子には心惹かれる。

「一緒にバレエを踊ってみない？」

自然にそう声をかけていた。少女は可憐な微笑をユリカに返すと、まるで花が風に舞うように、軽やかに踊り始めた。少女に合わせて踊りながら、ユリカは、これは自分のお腹の中にいる子だと確信した。

「それでわかったの。子供を持つことによって、わたしからバレエが奪われるんじゃない。バレエを一緒に楽しむ相手が増えるってことなんだって。とても素敵なことよね。わたし、その子のことを心から愛しいと思えた。ずっとずっと、一緒に踊っていたかったわ。

産後に復帰しても、テクニックは完璧なレベルに戻らない可能性はある。だけど表現力は豊かになるかもしれない。成長できるのもできないのも、わたし次第なのよ。それに気がついたの。

わたしはこれまで苦難を乗り越えて糧にして、踊りを高めてきた。それなら幸せをも糧にできるはず。

もちろん現実に生まれてみたら、色々と困難なことはあると思う。だけどマイケルはずっと支えるって言ってくれた。その言葉を信じてみようと思うの」

ユリカが最後の部分を英語でマイケルに伝えると、彼は瞳を潤ませ、ユリカの頬にくちづけた。手を握り合った二人は幸せそうで、また、母親になることを決意したユリカは輝くばかりに美しかった。

「ただ――」

渡辺がため息をつく。

「重大なことがまだわかっていないわよね。本物の〝カラボス〟の正体」

「確かに」

華やいでいた雰囲気が、一気に沈む。

そう。まだ雅代と美咲を殺した犯人はわかっていないのだ。

「あの……」

深刻な表情で、怜司が口を開く。

「みなさんに謝らなければならないことがあります。実は……」

息を吸うと、思い切ったように言った。

「〝カラボス〟は、僕です」

時間が止まったような気がした。

「あなたが……雅代と美咲を?」

渡辺がわなわなと唇を震わせる。

「いいえ、僕は脅迫状と花びらを投げ込んだだけです」

「あれを怜司くんが?」

「はい。僕がいつか自分のバレエカンパニーを持ちたいという話はしましたよね」

「ええ。野心家なんだと驚いたわ」

「その旗揚げ公演では、演出にシルヴィア・ミハイロワを、そして主演にユリカ・アサヒナを迎えるのが夢だったんです」

「それじゃあ……」

「ええ、プレスリリースを見たとき、頭を殴られたようなショックを受けました。全てをこのバレエ団に台無しにされてしまった気がして、頭が真っ白になって……酔っぱらった勢いで、気がついたら、のけ者にされたカラボスの気分になって書きなぐってていました。たまたまその時、部屋にファンの人からいただいた薔薇の花束があって、それがドス黒く枯れかけていて……気味悪がらせてやろうと思って、それも一緒に持っていきました。不愉快な思いをさせて申し訳ありません。子供じみた、馬鹿な事をしました」

「だけど、客演で一緒に踊れることになったじゃない? それなのにまた脅迫状が

「――」

「客演が決まってやめたら、僕がやったって言ってるようなものでしょう。そう思われないために、最後の一通と思って書きました。だけど焦りましたよ。雅代さんの事件が起こったとき、まさか脅迫状とつなげられていると思わなかったから。血の気が引きました」

「だったら……誰がふたりを殺したっていうの」

「その答えは……ここにあります」

怜司がポケットからスマートフォンを取り出した。

みんなが怪訝そうに見守る中で、怜司が画面のボタンを押す。スピーカーから音声が流れてきた。嗚咽混じりの、絞り出すような声だった。

――怜司くん？　ああ、もう寝てるよね……こんな時間にごめん。どうしても、話しておきたいことがあって。

雅代が……雅代が死んだのは、わたしのせいなの。わたしたち、どうしてもオーロラ姫を踊りたかった。ユリカは確かに天才。だけど平等にチャンスは与えられていいはず。ユリカと同じ金髪になって、メイクも似せて、オーロラ姫を踊っているけれど、わたしたちはユリカ・アサヒナにはなれない。絶対に追いつけないし、追い越せないの。

ある日、雅代に言ったの。「あいつなんて、いなくなればいいのに」って。「わたしも、いつも思ってるよ」雅代も笑ってた。「本当に紡錘が刺されればいいのにって」

そうなってくれたら愉快なのに。本当にカラボスが現れてくれればいいのに――わたし、思わず言ってた。「ねえ。本当に刺せる紡錘を作ろうかな」

雅代は驚いてわたしを見たけれど、「わかった。手伝うよ」って言ってくれた。

それから案を考えるのは、とっても楽しかった。レッスンのたびに腹が立っても、どんなふうにこらしめてやろうかって考えるだけで発散できた。

子供の頃からトウ・シューズのリボンを縫って、衣装を作って、ティアラやアクセサリー、ちょっとした小道具まで作ってきたんだもん、仕組みを考えるのも実際に作るのも難しくなかった。雅代も材料を探すのを手伝ってくれた。そしてやっと、小道具とそっくりな紡錘を完成させたの。もちろん作るときは指紋が絶対につかないように手袋をして、慎重にね。あとはもう、すり替えておくだけ。

そんな時に、オーディションの話が降ってわいた。

「チャンスだね。今日紡錘をユリカのロッカーに入れておこう」

わたしは大喜びで言った。オーディションを前に、あの女が潰れればいいって思っ

たの。だけど雅代は、

「せっかくチャンスをもらえたんだもの。正々堂々とオーディションで勝負しよう。それで選んでもらおうよ」って。

正々堂々なわけないじゃない。オーディションなんてユリカに発破をかける口実。結局ユリカが選ばれるに決まってるんだから。だけど雅代は「シルヴィアが言ってたでしょう？　わたしたち目覚ましい進歩をしているって。ユリカを超えていないって誰が言える？　勝負して、それでダメなら諦めがつく。一緒に頑張ろう」って必死で説得するの。

その時わかった。雅代はもともと真剣にユリカを傷つけようなんて思ってなかった。わたしがあまりにも思い詰めてるから、気が済むようにやらせてくれて、見守ってくれていたの。

だから「そうよね、頑張る。じゃあ前祝いで飲みに行こう」って明るく答えた。でもね——本当は帰る前にユリカのロッカーの紡錘をすり替えたんだ。

次の日、ユリカが死んでいることを期待して行ったのに、雅代が死んだと聞かされて、頭が真っ白になった。だけどすぐにわかった——雅代はこっそりスタジオに戻って紡錘を回収しようとしてくれたのよ。

わたしが道を誤らないように。わたしのために。

雅代には、針を糸の間に埋め込むだけって言ってあった。手を怪我させるくらいだって。まさかわたしが本当に殺せるような仕組みで作っていたなんて、雅代は知らなかったの。

だから驚いたでしょうね。どんどん毒が回って苦しくなって、きっとスマートフォンで助けを呼ぼうとした。だけど指が痺れて落としてしまい、もうろうとしながら何とか固定電話のあるAスタジオに入って、力尽きてくずおれた――あの子が苦しんでいた時、わたしはバーで楽しんでいたのよ。自分が許せなかった。

だけど、もうまともな考え方ができなくなってた。悪いのは自分なのに、ユリカのせいだ、ユリカに追い詰められたからだって、ますます憎くなって――

だから今夜、ここに来たの。紅林総裁の家に……紡錘を持って。ユリカに手渡して、今度こそ殺してやろうと心に決めて来た。ユリカが死んだら事件になるとか、犯人になるとか、そんな当たり前のことすら考えられなかった。とにかく消えてほしかった。

それなのに――

ユリカはいなかった。夜だから絶対にいるはずなのに、いなかったの。それでわたし、やっと冷静になった。何してるんだろう。なんてことしちゃったんだろう。これ以上罪を重ねちゃダメだって、きっと雅代が取り計らったんだね。

わたしが最初から、あんな恐ろしいことを考えなければ、雅代は死なずに済んだ。

全部全部、わたしのせい。わたしの醜い心が、嫉妬が、憎しみが、一番大事な親友を殺してしまった。

わたし、もう生きていたくない。バレエも踊れない。踊れば雅代を思い出す、そして自分が雅代に何をしてしまったかも。

この留守番電話を、あの刑事さんに聞かせてください。わたしのせいで、本当にごめんなさい。雅代のご家族にも申し訳なかった。バレエ団もどうなっちゃうのかな。わたしのせいで、本当にごめんなさい。

あと……怜司くん、あなたの気持ち、気づいてたよ。嬉しかった。こんなわたしを好きになってくれてありがとう。最後にもう一度、声を聞きたかったな。

一緒に踊れて楽しかったよ。さよなら。

メッセージはそこで終わった。

重苦しい沈黙が落ちる。

「まさかこんなことだったなんて……」

渡辺が目頭を押さえた。

「この電話を取れていたら……すぐに駆け付けられていたらと思うと……悔しくて……」

怜司は唇を嚙みしめ、声を詰まらせた。

「だけど、やっぱりわからないことがあります」

みんなが泣いている中で、野崎が冷静に言った。

「あなたはなぜ、このメッセージのことをすぐに明かさなかったのですか。美咲さんが亡くなったときに警察にこれを聞かせていれば、二つの事件はすぐに解決したはずです――あれ、おかしいな。シャンデリアはどういうことなんだろう」

「おい、まさかシャンデリアはお前が落としたのか？」

すごい形相で達弘が詰め寄る。怜司が頷くと、「てめえ！」と胸ぐらをつかみ、拳を振り上げた。

「待って！」

花音の声が響いた。達弘の拳が止まる。

「わたしにはわかった……どうして怜司くんが留守番電話のことを誰にも話さなかったのか。そしてシャンデリアを落としたのか」

花音は、いたわるような視線を怜司に向けた。

「美咲さんを……かばいたかったのね」

怜司の顔が、ぐにゃりと歪んだ。「……はい」

「どういうことだよ」

達弘が忌々しげに、胸ぐらから手を放す。

「このメッセージを公表すれば、美咲さんの名誉が地に落ちる。だからよね？」

怜司は頷いた。涙がぽたりと床に落ちる。

「けれど、このままだといつかは真相に気づく人が出てくるかもしれない。だから怜司くんは――」

「はい。架空の犯人を作ろうと思いました」

「美咲さんの死後も犯行が続けば、美咲さんは疑われることはない。もちろん人を殺すわけにはいかない。けれども殺そうとしたと思わせるくらいの大きな事件でないといけない。だから……シャンデリアを落とすことにしたのね」

すごいな花音さん、なんでもお見通しだ、と涙目で笑って、怜司は続けた。

「美咲さんがいなくなった後、一回でいいから何か大きな事件を起こす。そしてそれきり消える。カラボスが犯人のように噂されていたので、ちょうどよかったんです。何か大きなことを仕掛けるとしたら、リハーサルがいいと思いました。劇場と、前日までの演目を調べたら、『オペラ座の怪人』でした。僕は以前、『オペラ座の怪人』の劇中バレエを踊らせてもらったことがあるんです。だからあのシャンデリアの仕組みは知っていました。リモコンは舞台袖の壁にホルダーを設置して、そこに置く監督が多いので、そこじゃないかと予測したら、本当にありました。

だけど信じてください。あんなタイミングでシャンデリアを落とすつもりじゃなかった。僕もユリカもステージからはける瞬間がありますよね。その時に、衣装のジャケットに隠したリモコンで、誰もいないステージにシャンデリアを落とす――それだけのつもりでした。それで充分恐ろしさを演出できますから。だけど、そのタイミングの手前で、あり得ないものが見えたんです」

「――カラボスか」

達弘がため息とともに言うと、怜司が大きく頷いた。

「心臓が止まるかと思いました。そして誤って押してしまって……あんなことに……。ユリカ、本当に悪いことをした。取り返しのつかないことになるところだった。みなさんも、本当に申し訳ありませんでした」

怜司は顔をくしゃくしゃにし、再び頭を下げた。

「浦野刑事に連絡しなくちゃいけないわね」

渡辺がため息をつく。

「これから出向くとお伝えください。そして処罰を受けます。もちろんこの公演の出演は辞退させていただきます」

「当たり前だ、馬鹿野郎！」

達弘が殴るのをこらえるように拳を握りこんだ。

「――待って！」

ユリカが言った。

「確かに怜司のしたことは悪いことかもしれない。だけど美咲さんを守ろうとした気持ちは責められない。それに……」

しばらく考えるようにユリカは目を伏せた。

「第一幕では悪者だったカラボスが、第三幕では改心して、結婚式に参加するわよね。オーロラ姫は許したということだわ。だからわたしも、あなたを許したいの」

全員が目を見開く中、達弘が「ふざけんな！」と声を張り上げる。

「何を考えてるんだ。俺は絶対に許さないぞ。お前を危険にさらしたんだからな」

「だけど……怜司は、シャンデリアが落ちてきたとき、身を挺して守ってくれたよね？　わたし、そこまでは覚えているの。だから腕をひねったのよね？」

「そうだけど……自業自得だから」

「ううん。わたし、第三幕のオーロラ姫の気持ちがわかる気がする。オーロラ姫は自分にされたことも全て包み込んで、カラボスに愛で返したんだわ。『眠れる森の美女』は、オーロラ姫が再び目覚め、カラボスも生まれ変わる、再生の物語なんじゃないかと思う」

みんなが言葉を失っていた。怜司はずっと体を震わせ、涙を流している。

「……しょうがねえな」

達弘が舌打ちした。

「とりあえず、浦野刑事のところだ。俺もステージのカラボスが俺だったってことを説明しなきゃならねえし、一緒に行ってやるよ」

「やっぱり達兄ぃはやさしいね」ユリカがくすっと笑う。「昔から、少しも変わらない」

「ん？ でもお前、覚えてないんだろう？」

「本当は覚えてたよ。小さい頃、いじめっ子からも守ってくれたし、本当のお兄ちゃんみたいだった。アメリカで落ち込んだ時でも、いつも達兄ぃを思い出して泣いてたんだから」

「え……そうなのか？」

「もちろん梨乃のこともね。ティアラで遊んで怒られたことだって良い思い出よ」

「じゃあどうして……」

「再会した途端に号泣しそうになっちゃったから。覚えてる？ あの日、わたしはすぐに三階のスタジオに上がったでしょう。実は一人で泣いてたの。本当は二人の胸に飛び込んで泣きたかった。だけどそうしたら、張り詰めていたものが全部切れて、踊れなくなりそうだったのよ。わたしはずっと、色んなものを遠ざけて、たった一人で踊り続けてきたんだもの」

「全くもう……世界トップのプリマは複雑なのね」

　梨乃がこまったように微笑み、ユリカを抱きしめた。

「でも、結局一緒に踊れなくなっちゃったね。本当にごめんなさい。わたしが最初から決断していれば、迷惑をかけることもなかったのに」

　ユリカが申し訳なさそうに長いまつげを伏せた。これまでのとげとげしい態度は、何を犠牲にしてでもトップの座を守るという必死さからきていたのだろう。休息をとると決めた今、プリマという鎧を脱ぎ捨てた彼女は、ごく普通の女の子に見えた。

「ユリカが謝ることなんてないわ。一時でも、あのユリカ・アサヒナと踊ることができたんだもの。それだけでも団員たちにとって、かけがえのない財産よ」

　渡辺が優しくユリカの肩をさする。

「だけどわたしが主演でないとスポンサーは降りてしまうんですよね？　公演は中止になってしまう」

「また一から探してみせるわ。ねえ、野崎さん？」

　静かに洟をすする音が聞こえる。見れば野崎が、眼鏡を外してハンカチを目に当てていた。

「野崎……さん？」

「やだ、もしかして泣いてるの？」

「いや、失礼。新しい命はプライスレスですからね。赤ちゃんが最優先ですよ。早速、今日にでもスポンサーにご説明と謝罪にまいります。ご心配なく」

「しゃくりあげながら言ったって、説得力ないですってば」

花音が言うと、みんな笑った。野崎にも、こんな人間らしい一面があったのだ。

ドアが開いてシルヴィアが入って来た。

「ああ、ユリカ！　本当に良かったわ！」

シルヴィアはユリカに駆け寄ると、優しく抱きしめ、髪にキスをした。

「ちょうどいい。シルヴィアさんにも説明しておきましょう」

野崎が英語で、現在の状況、そしてユリカの降板のこと、それに伴ってスポンサーを失うことを説明する。

ひととおり聞き終わると、シルヴィアはにっこり笑った。

「オーケイ。ユリカ・アサヒナはステージに立ちます。スポンサーとの契約は続行よ」

シルヴィアの言葉に、全員がきょとんとする。

「ちょっと野崎さん、シルヴィアに正しく伝わってないんじゃない？」

渡辺が首をかしげた。

「僕の英語がまずかったのかなあ。蘭丸さん、お願いできますか」

今度は蘭丸が英語で、ユリカの妊娠のこと、安静のために降板したいと本人も望んでいることを伝えた。

「ちゃんと通じてるったら」シルヴィアが笑う。「とにかくユリカには出演させる。だからスポンサーに降りるとは言わせないわ」

「え？　だけど、ただ出演するだけじゃなくて、オーロラ姫を踊ることが条件なんですよ？」

野崎が念を押す。

「大丈夫。わたしに良い考えがあるの」

シルヴィアは自信たっぷりに、妖艶なウィンクをした。

16

時は巡り——

いよいよ公演当日がやってきた。

中学生以上もいるが、ほとんどは小さな子供を連れたファミリー層だ。ベビーカー置き場も埋まっている。

次々とロビーへと入ってくる観客を眺めながら、花音は喜びを噛みしめていた。ゆっくりと感慨に浸りたいところだが、そうもいかない。受付やロビーに問題がないことを確認したら、控室を回って演者のチェックだ。

蘭丸用の控室をノックし、中を覗く。衣装を着けた蘭丸は、床にマットを敷いてストレッチをしていた。

「調子はどう？」

「いいよ。子供たちの前で踊れると思うと、ワクワクする」

蘭丸は腕を伸ばしながら答えた。

「何か必要なら、また知らせてね」

花音は蘭丸の控室をあとにし、ユリカの部屋へ向かう。

「準備はいい？」

ユリカの部屋を覗くと、ちょうど奈央が衣装をつけてやっているところだった。頭にはツノのような冠。メイクも濃く、くっきりとしたアイラインで目尻は尖り、唇は毒々しい赤でぬらぬらしている。

「準備は完璧よ」

ユリカが両手を見せた。真っ黒に塗られた、長い長い爪。爪をゆらゆらさせてニヤリと笑えば、まるで本物の魔女のようだ。真っ黒の長いマントは、だいぶ大きくなったお腹をカバーしている。

そう、ユリカはオーロラ姫でなく、カラボスとして舞台に立つ。

カラボスなら、激しい踊りはない。それでいて存在感は圧倒的である。ユリカ・アサヒナがカラボスを演じるのであれば、観客は満足するだろう。

ただ、スポンサーを納得させられるかというと、話は別であった。スポンサーは『ユリカ・アサヒナがオーロラ姫を踊る』という限定的な条項を設けていたからだ。

それにもかかわらず、スポンサーは撤退どころか、大喜びで支援を続行してくれた。

その理由は——

「ナオ、ちょっと肩の紐を緩めてくれない？」

ドアが開き、オーロラ姫の衣装で入って来たのは、シルヴィアだ。

シルヴィア・ミハイロワが引退後に一日限りの復活、しかもオーロラ姫を踊るとなれば、誰が文句を言うものか。全ては円満解決で、公演は滞りなく当日を迎えられることになったのだった。

予鈴が鳴る。奈央が衣装を調整するのを待つと、シルヴィアがユリカに手を差し出した。

「さあ、楽しい舞台にするわよ。ユリカ、行きましょう」

ユリカは微笑むとシルヴィアの手を取り、二人は軽やかな足取りで控室を出て行った。

本鈴が鳴り、会場が暗転した。

子供の声が、あちこちから聞こえてくるなか、オーケストラの音楽が始まり、幕が上がった。花音は舞台袖から、会場が拍手に包まれるのを見守っている。

色とりどりの可愛らしい衣装を着た妖精たちがステージに出てくると、子供たちの顔がパッと輝いた。リズムに合わせて楽しげに手拍子をしたり、メロディを口ずさんだりする子供たち。

普通のバレエ公演では考えられないほど、客席はにぎやかだ。カラボスが出てきた時には悲鳴が起き、司祭がカラボスに髪をむしり取られて禿げ頭にされるところでは大爆笑が起きた。

すごい。

この子たち、絵本を読むような感覚で、思い切り自由に反応してくれている。

子供たちの盛り上がりに感化され、ダンサーたちも乗りに乗っている。踊るのが楽しくてたまらないという感情の高ぶりが、表情に、ステップに表れている。

客席とステージが一体となったことを、花音は肌で感じた。この公演は、きっと深く心に刻まれるものとなる。子供たちだけじゃない。ダンサーたちにとっても、一生忘れられない日となるだろう。

「よかったですね、大成功だ」

いつの間にか野崎が傍らに立ち、感慨深げにステージを眺めていた。

「はい、色々ありましたけど、この舞台を観たら、全て吹き飛んじゃいました」

「だけど、花音さんがカラボスを踊ることができなくなったのは、残念でしたね」

「いいえ、ちっとも。むしろ、もともとわたしにカラボスが割り当てられていたことも運命だと思いました。もしも他のダンサーが演じることになっていたとしたら、その人から役を取り上げることになっていたでしょう？　わたしは理事だし、カラボスを譲ることに全く抵抗はなかったもの」

「なるほど。確かにそうかもしれません。全てが収まるべきところに収まったということか」

野崎が満足げに頷いた。

「客席の反応、どう？」

第三幕まで出番のない達弘と梨乃が、フォルチュネ王子とシンデレラの衣装でやってきた。ちょうどステージでは、デジレ王子がオーロラ姫に目覚めのくちづけをするところで、これまで以上に客席が沸きたっている。

一緒に踊りだす子、歌いだす子。

そうか。バレエって、こんな風に全身で楽しんでもいいんだ——

「子供たち、あんなに喜んでくれてる」

梨乃が嬉しそうに目を細めた。

目覚めのパ・ド・ドゥに移ると、一緒になって手足を動かす子供もあちこちに見受けられた。

「今日のシルヴィアと蘭丸さん、すごいですね。僕、あれじゃ勝てませんよ。ダブルキャストって、比較されるのが辛いなあ」

緊張で顔をこわばらせた怜司がやってくる。

美咲のメッセージを隠したこととシャンデリアを落下させたことは、もちろん大問題になったが、すでに相応の処罰を受け、今日ここで踊ることを許されている。

「うん、ゲネプロの時よりも良い感じね」

達弘と梨乃が見惚れる隣で、野崎が「うーん」と腕組みをして首をかしげている。

「どうかしたんですか？」

花音が聞くと、野崎が言いにくそうに口を開いた。

「蘭丸さんて……あ、いや、やっぱりいいです」

「途中でやめないでくださいよ」

怜司が言う。

「うーん、でもいいのかなあ、こんなこと言っちゃって」

「もう、気になるじゃないですか。早く」

梨乃も急かす。

「では遠慮なく言わせていただきますが……蘭丸さんって、本当にすごいダンサーなんですか？」

野崎の質問の意図がわからず、四人はきょとんとする。

「だってねえ、すごく簡単な踊りばかりじゃないですか。こんなことを言ったら語弊があるけど、蘭丸さんの踊りだったら、僕だってできるような気がするんですよ」

野崎は大まじめだ。

「あれなら絶対、ちょっと練習すればマスターできます。ちょうど運動不足なんで、手の空いた時、誰か教えてくれませんか？」

思わず花音は吹き出した。達弘や梨乃も、必死で笑いをこらえている。

「なんで笑うんですか、失敬だなあ」

「ううん、野崎さんはバレエをやらないで。むしろ、そのままでいてほしいなって」

花音は笑いながら言う。

「どうしてですか？　だってこれまでさんざん、僕にバレエ経験がないことがハンデだって――」

「いいのいいの。経験のない野崎さんだからこそ、俺たちにはない視点を持ってるんだから」

「そうですよ。野崎さんのお陰で、蘭丸さんのバレエが、ユリカのレベルにまで上達したってことが、よーくわかりました」

「意味がわからないんですけど」

「とにかく野崎さんは、バレエをやらないで」

「えー」

口をとがらせる野崎を囲み、花音たちはずっと笑っていた。

ステージの上では、美しいパ・ド・ドゥが繰り広げられている。

心弾むオーケストラの音楽、華やかな舞台と衣装、錯綜する幻想的なライト――ここはおとぎの国だ。

そしてそれを見つめる、子供たちのきらきらした瞳。

――魔法の時間は、まだまだ終わらない。


（了）

参考文献

『世界少年少女文学全集 11 フランス』東京創元社
『世界のメルヘン〈9〉フランス童話1 ながぐつをはいたねこ』
シャルル・ペロー=著/巖谷國士=訳/講談社
『いばらひめ』
グリム=著/福本友美子=訳/BL出版
『Sleeping Beauty and Other Classic French Fairy Tales』
Charles Perrault/Gramercy
『The Sleeping Beauty』
Brother Grimm/William Heinemann
『The Sleeping Beauty』
Grimm/Oxford University Press
『Princesse Printaniere』
Madame d'Aulnoy/G. Routledge & Co.

解説

若林　踏

愛憎が渦巻く舞台、再び。

本書『眠れる美女』は二〇一七年に刊行された『ジゼル』に続く、秋吉理香子のバレエミステリシリーズ第二作である。小学館の「きらら」二〇一七年一一月号〜二〇一八年一二月号に連載された後、二〇二〇年一〇月に同社より単行本として刊行された。

前作『ジゼル』を読んでいなくても楽しめる内容なのだが、念のため第一作のあらすじを紹介しておこう。東京グランド・バレエ団は創立一五周年記念として「ジゼル」を公演することを決定した。バレエ団員である如月花音は難役と呼ばれる復讐の女王ミルタ役に抜擢され、思わず歓喜する。だが、「ジゼル」の公演を控えたバレエ団の中に不穏な空気が漂っていた。そもそも東京グランド・バレエ団では一五年前に、ジゼル役の姫宮真由美というプリマ・バレリーナが代役の紅林嶺衣奈を襲った後に死亡するという事件が起きていた。「ジゼル」は東京グランド・バレエ団にとって因縁のある演目なのだ。しかも今度の公演でジゼルを演じるのは紅林嶺衣奈である。そこに夜のスタジオ内で姫宮真由美の亡霊らしき姿を見かけたという幽霊話まで持ち上がってしまう。団員たちが心穏やかならぬ状況に陥った時、ついに事件が起こってしまうのだ。

『ジゼル』刊行当時、「きらら」二〇一七年一〇月号に秋吉理香子とバレリーナの上野水香の特別対談が掲載された。その中で秋吉は「担当編集者から『ぜひバレエを題材にした小説を』と提案されたんです。ただ、私自身はバレエ経験ゼロ。とはいえ、トウシューズとチュチュのあの世界観には昔から憧れがあったので、まずは舞台を観てみようと思ったんです。それが東京バレエ団の『ジゼル』でした」と語っており、バレエに関する知見が殆どない状態から『ジゼル』を書き始めたことを明かしている。だが作品内では華やかな舞台やプリマたちだけではなく、それを支える裏方の存在や小道具の一つ一つを細部まで拘りながら描いていた。そこに『暗黒女子』や『絶対正義』といった人間の深奥に黒く燻る感情を書く秋吉の筆致が加わる事で、絢爛豪華にして読む者の心をひりつかせるようなバレエミステリが完成したわけだ。

　さて、『眠れる美女』は『ジゼル』の事件から一年後の出来事が描かれている。「東京グランド・バレエ団」はかつて起こった悲劇から立ち直り、「東京スペリオール・バレエ団」と名前を変えて再スタートを切ろうとしていた。記念すべき旗揚げ公演の演目は「眠れる森の美女」。「白鳥の湖」「ラ・シルフィード」と並ぶ三大バレエ・ブラン（白いコスチュームを着て踊る作品という意味）の一つだ。再生の道を歩むことに胸を膨らませるバレエ団員たちだったが、どうやら順風満帆という訳にもいかない様子が出てきた。懸念の一つは大信銀行からやってきた野崎明人という男の存在だ。バレエ団の新たな融資担当者として出向してきた野崎だが、「融資分をきちんと回収できるよう、徹底指導させていただく」と言って、収益を優先した施策を如月花音ら団員たちに押し付けるような姿勢を見せる。バレエに対して理解を示さないような野崎の態度に、団員たちは不満を募らせる。

もう一つの懸念事項は、「眠れる森の美女」のプリマに選ばれたユリカ・アサヒナだ。野崎は収益のために集客力のある演出家とプリマを外部から呼び寄せることを団員たちに告げる。やってきた演出家はシルヴィア・ミハイロワといい、バレエ界の至宝と呼ばれたロシア出身の元バレリーナだ。そのシルヴィアが今回の公演のプリマにと連れてきたのが、ユリカ・アサヒナなのである。日本生まれのアメリカ人バレリーナであるユリカはその美貌とテクニックで「アメリカの宝石」と称えられ、世界中から客演のオファーが絶えないスターなのだ。奇しくも「東京スペリオール・バレエ団」の中にはユリカと幼友達だった横田梨乃(りの)と石森達弘がおり、人気プリマとなったユリカと再会できることを二人は喜んだ。ところがユリカは非常に傲慢な態度を団員たちに見せ、旧友の梨乃と達弘にも冷淡な対応を行う。

小説や映画におけるバレエの描かれ方などについては『ジゼル』文庫版の解説で千

街晶之氏が触れているので、そちらをご参照願いたい。ここでは本書および『ジゼル』のミステリ小説としての構造にもう少し突っ込んだ形で言及しよう。まず特徴的なのは、本格的に事件らしい事件が起きるタイミングが物語のちょうど折り返し地点くらいに設定されていることだ。『眠れる美女』では野崎やシルヴィア、そしてユリカといった強烈な登場人物の紹介がされた後、東京スペリオール・バレエ団内で起きる不審な出来事を少しずつ描いていく。その一つがバレエ団の門にばら撒かれた真紅の薔薇と手紙だ。そこには「オーロラ姫に、永遠の眠りを。——カラボス」と、「眠れる森の美女」に登場する魔女を名乗る者からの不吉なメッセージが書かれていた。このように『ジゼル』同様、『眠れる美女』でもバレエ団に不穏な気配が忍び寄る様子をじっくりと描き、物語中盤に今まで溜め込まれていた嫌なものが一気に溢れ出るような事態が勃発するのだ。そこから先は怒濤の展開で、次から次へと新たな事件が雪崩の如く読者の眼前に押し寄せることになる。

こう書くと、事件が起きるまで少々我慢をしなければいけないのか、と心配される方もいるのではないだろうか。いや、断じてそのようなことはない。むしろ本作のミステリとしての肝は、バレエ団内の愛憎劇を描く前半部にあると言っても良いのだ。一にも二にも利益を優先する銀行マンの野崎に、プリマとして抜群の才能を持ちながら高慢な物言いと振舞いで周囲を辟易させるユリカなどなど、本書の登場人物たちは誰もかれもが極端に鼻持ちならない奴に見えたり、あるいは読者の感情をやたらと刺激するような人間に見えたりする。だが一見、極端にすら思える登場人物たちの性格とそれを基にした愛憎関係をたっぷりと読ませることで、後に起こる大小さまざまな反転が見事に決まるのだ。こうした「物語前半部に人間ドラマをじっくり書き込み、それを後半の謎解き部分に活かす」構造は、『ナイルに死す』などの作品でアガサ・クリスティーが究め、後続の英国謎解き小説においてもポピュラーな手法の一つとして受け継がれている。前半部で人間模様を豊かに描くことが、そのままミステリとして満足度の高い結末を描くことに繋がる好例だと思う。

もう一つ称揚しておきたいのは、演目である「眠れる森の美女」というモチーフの使い方だ。ご存じの方も多い通り、「眠れる森の美女」はもともとヨーロッパに伝わる民話であり、それをロシアの作曲家チャイコフスキーが音楽として完成させたことでバレエ作品の演目となった。元が民話であるため、とうぜん物語には幾つかのパターンが存在し、それぞれの物語解釈も異なって来る。『眠れる美女』ではそうした物語の解釈を巡る記述があるのだが、本作ではそれが単なる寄り道ではなく、ミステリのプロットにも重なる形で効果的に使われているのだ。バレエに限らず、演劇や絵画など芸術作品を題材にしたミステリでは、その作品がモチーフとしてミステリの要素といかに上手く絡み合っているのかも、評価軸の一つになる。本書ではそれがきちんと重なり合うように描かれているのだ。

秋吉理香子がミステリ作家として認知を広めたのは、二〇一三年に双葉社より刊行された『暗黒女子』だろう。当時のミステリシーンでは、いわゆる〝イヤミス〟という呼称で人間の暗黒面に敢えて焦点を当てるタイプのミステリが注目を集めやすい状況で、秋吉の『暗黒女子』もその文脈に入る形で評価を受けた印象がある。そのため か、作者である秋吉自身にも〝イヤミス〟の書き手というイメージを強く抱いている読者がいるかもしれないが、実際には幅広い作風に取り組む作家であることはここで強調しておきたい。最近では銀座でバーを営むママが、大阪が舞台となった文芸作品が絡む謎を解くという、ビブリオミステリの要素も含んだ『月夜行路』（講談社、二〇二三）が印象深い。本書『眠れる美女』も同じで、仄暗い人間心理にこだわる作家であると思い込んで読んでいると、全く異なる風景を見せてくれて感嘆する。秋吉理香子、まだまだ読者の知らない一面を隠し持っている気がして仕様がない。

（わかばやし・ふみ／ミステリ書評家）

ジゼル

秋吉理香子

復讐なのか、

悲劇的な死を遂げた
プリマの想いが甦る──!!

愛なのか。

東京グランド・バレエ団の
創立十五周年記念公演の演目が「ジゼル」に決定し、
如月花音は準主役に抜擢される。
このバレエ団では十五年前、ジゼル役のプリマ・姫宮真由美が
代役の紅林嶺衣奈を襲った末に死亡する事件が起き、
「ジゼル」はタブーになっていた。
そんな矢先、目撃された真由美の亡霊。
公演の準備を進める中、配役の変更で団員に不協和音が生じ、
不可解な事件が相次いで……。
これは〝呪い〟なのか?
花音が辿り着く真由美の死の真相とは?

小学館文庫

――本書のプロフィール――

本書は二〇二〇年に小学館から刊行された同名小説を加筆改稿して文庫化したものです。この物語は、当時の日本を舞台にしたフィクションです。

小学館文庫

眠(ねむ)れる美女(びじょ)

著者　秋吉理香子(あきよしりかこ)

二〇二四年六月十一日　初版第一刷発行

発行人　庄野　樹
発行所　株式会社　小学館
〒一〇一－八〇〇一
東京都千代田区一ツ橋二－三－一
電話　編集〇三－三二三〇－五六一六
　　　販売〇三－五二八一－三五五五
印刷所――――図書印刷株式会社

この文庫の詳しい内容はインターネットで24時間ご覧になれます。
小学館公式ホームページ　https://www.shogakukan.co.jp

ISBN978-4-09-407363-8